Le pari de l'ours

Tome 2
Vegas Shifters

Anna Lowe

Contents

Chapitre 1

— Tu es dingue ?

Karen grimaça, se rappelant les paroles grinçantes de sa sœur.

Oui, elle était folle de revenir à Vegas après s'en être tout juste sortie vivante. Mais trois choses la poussaient à y retourner.

Un diamant, une vengeance et le grand amour. Une combinaison puissante... et potentiellement mortelle.

Elle observa la distance qui séparait le toit du trente-cinquième étage sur lequel elle était perchée et le bâtiment de vingt-huit étages de l'autre côté de l'avenue. Merde, c'était vraiment loin.

— Je peux y arriver, dit-elle, essayant de se convaincre.

Elle déglutit, baissant les yeux vers le vide et le Strip tout en bas. Les lumières des néons des casinos clignotaient, éclipsant les étoiles. Comme une fête foraine qui aurait atterri en plein désert, à des centaines de kilomètres au milieu de nulle part... avec rien d'autre que cette porte vers l'enfer.

Karen se rapprocha du bord du toit. La brise de minuit soulevait ses vêtements, essayant de la faire basculer dans les airs.

— Assez près pour planer, murmura-t-elle alors que ses genoux chancelaient. Très près, même.

Bordel, les dragons n'étaient pas censés avoir peur de voler.

Et les demi-dragons ? demanda sa mauviette intérieure.

Elle repoussa ses cheveux et se renfrogna. Pourquoi ne pouvait-elle pas être comme sa sœur Kaya ? Elle pouvait descendre en piqué, monter en flèche, et voler haut dans le ciel. Elle n'avait peur de rien.

Moi non plus, répliqua sa fierté. *Je n'ai peur de rien.*

Sauf peut-être des faiblesses. Mais, merde, ce n'était pas sa faute si elle n'était qu'à moitié dragonne. Et ce n'était pas non plus sa faute si son autre moitié d'ADN n'était d'aucun secours quand il s'agissait de poursuites aériennes.

Elle essaya de visualiser le processus. C'était censé l'aider, non ? Elle imagina ses ailes de cuir se déployer, son large museau pointant dans la bonne direction. Son corps racé glissant avec grâce dans les airs...

Mais *boum !* Ses visions se terminaient en accident à chaque fois. Le genre d'accident dont même un métamorphe ne pourrait se tirer.

Elle se força à détourner les yeux du vide. Elle devait se concentrer sur le toit de l'autre côté de la rue : celui du Scarlet Palace. Le casino le plus rutilant de Vegas à l'extérieur... et le plus véreux à l'intérieur.

Concentre-toi, bordel. Allez !

La seule chose qui comptait, c'était ce diamant et sa vengeance. Un aller-retour rapide et elle quitterait la ville du péché pour toujours.

Un petit tic dans son œil droit lui rappela que la dernière fois qu'elle avait tenté un aller-retour en vitesse à Las Vegas, elle avait fini enfermée pendant dix jours. Elle chassa vivement cette pensée. La vengeance était plus importante.

Et n'oublie pas mon compagnon ! cria sa dragonne.

— Oh, pour l'amour de Dieu, marmonna-t-elle.

On aurait pu croire qu'être à moitié dragon signifiait qu'on avait une voix intérieure plus faible et gérable, mais non. La bête pensait qu'elle avait le droit de partager constamment son opinion. Et avec insistance. Même si elle ne pouvait pas voler correctement.

Elle vérifia la hauteur et la distance une nouvelle fois. Bordel, depuis quand n'avait-elle pas tenté quelque chose comme ça ? Elle avait l'impression que ça faisait des années. Une seconde. Ça faisait des années.

— Quelle dragonne tu fais, marmonna-t-elle dans sa barbe.

La bête en elle se renfrogna.

Je peux cracher du feu.

Eh bien, c'était déjà ça.

Tu dois croire que tu es capable de voler.

Karen souffla et repoussa la bête dans son subconscient. Elle n'y croyait pas une seconde. Bien sûr, elle pouvait garder les ailes ouvertes si le vent soufflait dans la bonne direction. Mais réellement voler, c'est-à-dire gagner de l'altitude, se propulser, et avoir les cicatrices qui le prouvaient lui était impossible. Pas pour la piètre dragonne qu'elle était.

On peut le faire ! insista sa dragonne. *Tu te souviens de cette fois avec papy ?*

Elle ricana. Oui, elle était montée à plus de cinquante mètres et était parvenue à prendre un virage chancelant sous les conseils de son grand-père. Mais ça n'avait fonctionné que parce qu'il avait été là à la pousser avec son pouvoir légendaire. Elle avait été morte de trouille tout le long.

Bien évidemment, tu n'y arriveras pas si tu as peur, la réprimanda la bête. *Souviens-toi de ce qu'il disait.*

Oui, elle se souvenait. « C'est comme cracher du feu. Les pouvoirs d'un dragon sont liés à l'amour, et tant que tu y crois vraiment… »

C'est ça, croire. La dernière fois qu'elle avait cru, c'était un soir de beuverie. Elle avait été assez saoule pour essayer de battre des ailes et vraiment voler.

Et ça a marché ! s'exclama sa dragonne. *Tu dois me faire confiance. Encore mieux, mets-toi en colère. Vraiment en colère. Ça fonctionne aussi.*

Elle pouffa. Sa dernière tentative remontait à cinq ans, et y croire avait fonctionné pendant trente secondes avant qu'elle ne se mette à paniquer en plein vol. Elle avait fini par s'écraser dans une fosse à purin et s'était presque cassé une jambe.

Donc, non. Elle ne pensait pas pouvoir voler simplement parce qu'elle le souhaitait. Et elle ne croyait pas non plus aux amants prédestinés. Cet ours délicieusement sexy avec qui elle avait couché deux semaines plus tôt n'était pas son compagnon. C'était juste un type arrivé par hasard.

Un type vraiment, vraiment sexy. Tu te rappelles ses mains ? Ses épaules ? Ses tablettes de chocolat ?

Elle secoua la tête. Ce n'était qu'un coup d'un soir qui ne s'était même pas pointé au second rencard, elle n'allait pas gâcher plus de temps à penser à lui.

Comment peux-tu ne pas penser à ces yeux noisette ? cria sa dragonne. *Comment ne peux-tu pas penser à ses mains sur toi ?*

Elle ravala un soupir, songeant au pouvoir tout juste contenu derrière ses caresses ferventes sur sa peau, ses cheveux. Sur tout son corps, putain.

Comment peux-tu ne pas penser à cette voix ?

Elle avait été rauque, ancienne et boisée quand il lui avait murmuré à l'oreille.

« *Ce n'est pas de la chance. C'est le destin* », avait-il dit. Et avec une telle certitude qu'elle l'avait presque cru. Que le coup de foudre existait vraiment. Que cet homme à qui elle s'était totalement abandonnée deux heures après avoir posé les yeux sur lui ne pouvait qu'être son compagnon.

Tu te souviens de sa façon de nous regarder ? continua sa dragonne.

Dans ses rêves, elle revoyait son air stupéfait, l'émerveillement dans ses yeux.

Le destin, siffla le vent à ses oreilles.

Karen ferma les yeux, perdue dans ses souvenirs. Elle les rouvrit ensuite vivement et balança ses bras furieusement, se retrouvant vacillante au bord du toit.

Merde ! Elle agita les bras en l'air et s'écarta juste à temps pour éviter de basculer dans le vide.

Concentre-toi, bon sang ! Concentre-toi !

Si c'était le destin, pourquoi n'était-il pas revenu le lendemain ?

Elle secoua la tête et baissa les yeux. Les fontaines aux lumières rouges du Scarlet Palace bouillonnaient et ondoyaient, la défiant. La circulation était lente, ne la remarquant pas, et une moto rugit dans la rue.

Diamant. Vengeance. C'est ce sur quoi elle devait se focaliser, pas sur ces conneries de compagnons.

Elle plissa les yeux vers le penthouse du casino. Elle montrerait à ces foutus vampires ce dont elle était capable. Ce qui veut dire rester concentrée sur son plan. Un plan qui ne requerrait absolument pas qu'elle s'envole. Mais qu'elle plane juste un peu. Et ça, elle pouvait le faire. Son grand-père lui avait montré plein de fois. Elle ferma les yeux et se rappela ses petits clins d'œil, ses paroles encourageantes.

« Tu sais très bien planer, poussin. Une vraie championne. »

Bon, « championne » était peut-être exagéré, mais oui, elle pouvait planer.

Elle vérifia une nouvelle fois la distance, se lécha un doigt, et testa le vent. Parfait. Elle pouvait le faire. Elle y arriverait. Peu importait qu'elle n'ait jamais plané si loin ou à une telle hauteur.

Elle retira lentement ses vêtements, fit un petit tas et les cala sous son pied. Inutile de les mettre en pièces durant la transformation. En plus, elle en aurait besoin quand elle atteindrait le toit du Scarlet Palace.

L'air nocturne était frais et elle frissonna, nue au bord du gratte-ciel.

Quelle dragonne tu fais, répéta la petite voix depuis le fond de son esprit.

Elle se redressa, prit une profonde inspiration, et fit sortir son dragon intérieur.

Elle leva les bras et s'étendit. Sa bouche s'ouvrit dans un cri silencieux alors que son corps se transformait. Elle trémoussa les fesses et s'agrandit ; à une hauteur et une élégance folles, comme elle aurait aimé que sa forme humaine soit. Le vent ne souffla plus dans ses cheveux, mais chatouilla ses longues oreilles et son museau, et quand elle toussa, une petite étincelle jaillit dans la nuit. Les bruits de la ville devinrent plus forts, les lumières plus claires, et sa peau la brûla alors que son cuir émergeait, la protégeant.

Elle déploya ses ailes, bascula la tête en arrière et mugit dans la nuit.

Je suis une dragonne ! Entendez-moi !

Pendant un instant, elle s'autorisa à se délecter de la pure puissance du simple fait d'être un dragon. Elle n'avait pas à s'inquiéter d'attirer l'attention ; la ville était bien trop bruyante. Elle pouvait le faire ! Oui, elle le pouvait ! Elle entrerait par effraction dans le penthouse du Scarlet Palace et déchaînerait sa vengeance sur les vampires. Elle s'échapperait dans la nuit sans être vue. Elle...

Tu trouveras mon compagnon et le ramèneras !

Karen se renfrogna devant sa dragonne entêtée. C'était le côté risqué de la transformation. La bête stupide était difficile à gérer quand elle lui cédait le contrôle de son corps. Bon, très bien. Elle s'en occuperait plus tard. Pour l'instant, elle avait d'autres choses à penser, comme planer sur plus de cent mètres dans les airs. Éviter d'autres vampires. Se venger de ces dix terribles jours de captivité. Dix jours à prétendre qu'elle était à cent pour cent dragonne avec un sang trop pur pour que les suceurs de sang s'en nourrissent.

Elle serra le tas de vêtements dans une patte, se rapprocha du bord et commença à compter.

Cinq... quatre...

Bon sang, c'était haut quand même.

Trois...

Sa sœur avait raison. Elle était vraiment dingue.

Deux...

Elle se pencha et étendit les ailes.

Un...

Elle déglutit et se jeta dans le vide.

Chapitre 2

Pendant une brève seconde, Karen crut qu'elle allait chuter comme une pierre. Une pierre très nue qui s'écraserait en morceaux sur le trottoir et ferait la une des journaux. Elle pouvait déjà voir les gros titres. « Une jeune femme dérangée saute d'un gratte-ciel en se prenant pour un dragon. »

Elle serra les dents, raidit ses ailes, et, miracles des miracles, capta assez de courant ascendant de la chaussée brûlante en contrebas pour planer. Elle chancela à droite, plongea à gauche, puis s'inclina et se stabilisa.

Je peux voler ! Je peux voler ! chanta son âme de ravissement. *Je peux le faire !*

Le vent chatouilla la peau lisse sous ses ailes et rafraîchit son ventre.

Tu vois ? Tu dois juste y croire, dit sa dragonne d'un air suffisant.

Elle se réprimanda d'avoir eu trop peur pour essayer pendant si longtemps. Sa sœur Kaya avait raison. Ce n'était rien. Maintenant qu'elle attrapait le vent, tout lui semblait si facile. Si naturel qu'elle était même tentée de battre des ailes et de s'y mettre vraiment. Peut-être que si elle s'entraînait plus régulièrement, elle pourrait réellement y parvenir. Peut-être qu'elle n'était pas une dragonne si inutile que ça, après tout.

« Tu dois y croire », lui avait souvent dit son grand-père. « Tant que tu y crois, tu arriveras à faire tout ce que tu veux. »

Un millier d'images entêtantes emplirent son esprit alors qu'elle s'élevait au-dessus des lumières clignotantes et des fontaines qui semblaient avoir été placées là uniquement pour l'encourager. Une fois qu'elle aurait accompli son plan, elle pourrait tout aussi bien filer vers la côte pacifique. Mieux encore, la côte est… sur une longue plage de sable fin, non loin de Kitty Hawk, où elle pourrait voler encore et encore. Comme les frères Wright, elle commencerait avec des vols courts et monterait petit à petit. Presque littéralement. Elle se mettrait en forme pour voler. Elle ferait ça, oui. Elle apprendrait tous les mouvements que sa sœur faisait facilement et…

La brise légère du désert vacilla et elle vira sur la droite, perdant de l'altitude.

— Merde !

Le toit du bâtiment suivant n'était plus en dessous d'elle, mais au-dessus. Et bordel, elle fonçait tout droit vers les fenêtres du penthouse. L'idée avait été de se faufiler par le toit et de repartir avec son butin, pas de s'écraser dans un millier de bris de verre dans la tentative de cambriolage la plus foireuse du monde. La sécurité lui sauterait dessus en un rien de temps…

Sa peau s'échauffa à cette évocation. La sécurité… qui lui sautait dessus… Si elle tombait sur un certain membre ours du personnel, alors l'avoir sur elle n'était pas une image si terrible.

Bordel, Karen ! cria-t-elle mentalement. *Sors-toi la tête du cul et concentre-toi, tu es en train de voler !*

De planer, plutôt, renifla sa dragonne.

Peu importe.

Oh, Seigneur. Elle allait s'écraser.

Concentre-toi, c'est tout !

Elle plissa les yeux vers le revêtement métallique du bord le plus haut. Encore un peu plus haut… Un peu plus près…

Elle pouvait discerner le salon aux meubles opulents du penthouse… et merde, si elle ne faisait pas attention, elle allait s'écraser sur cette énorme table basse en marbre au lieu du canapé lie-de-vin chargé de coussins assortis. Elle ferait voler les vases en cristal et leurs fleurs… noires, parce que les vampires ne connaissent que le rouge et le noir. Avec sa chance, elle finirait coincée entre une fausse statue grecque dans un coin et les haut-parleurs qui occupaient presque tout un mur jusqu'au plafond. La sécurité se précipiterait, suivie des vampires, et elle serait retenue prisonnière. Encore.

Elle recourba les lèvres alors qu'elle luttait pour un autre millimètre de hauteur.

« Tant que tu y crois... », résonna la voix de son grand-père dans son esprit.

Elle avança tout droit, ayant vraiment du mal à imaginer que ce n'était pas une mauvaise idée. Sa sœur avait raison quand elle disait qu'elle était têtue, impulsive et naïve.

Ses longues oreilles de dragon s'aplatirent sur son crâne alors qu'elle bataillait avec chaque centimètre de l'espace aérien.

Allez. Allez...

Plus près...

Elle replia ses griffes sur son ventre, s'étirant pour avoir une forme plus aérodynamique, et son angle vers le penthouse changea légèrement.

Elle reprenait de l'altitude ! Elle y arrivait !

Le bâtiment se rapprochait dangereusement, à quelques mètres à présent, mais merde, ce serait tout juste. S'étalerait-elle sur le côté ou oscillerait-elle en sécurité sur le toit plat ?

Vole ! Vole ! Vole ! cria-t-elle à la fois dans une acclamation et une prière.

Techniquement, on ne fait que planer, commenta sa dragonne, blasée malgré la gravité de la situation.

Alors, plane, putain ! Plane !

Elle leva le nez vers l'avant et rentra le ventre. Sa peau frôla le bord du bâtiment, mais elle l'écarta, et tout à coup le sol ne fut plus trente étages plus bas. Il était juste à quelques centimètres.

Trop bas pour faire un atterrissage correct ; elle trébucha la tête la première et s'écrasa contre une bouche d'aération.

Elle resta immobile, pantelant, à l'affût des alarmes. Levant les yeux vers les étoiles, elle se demanda pourquoi elle avait cru que c'était une superbe idée. C'était une bonne chose que personne de sa famille n'ait été là pour la voir atterrir comme un albatros emmanché et non pas comme un puissant dragon. Et bordel, la vérité faisait mal... plus que les entailles et les éraflures sur son corps. Elle ne pouvait pas voler. Elle pouvait à peine planer. Qu'avait-elle pensé faire ?

Euh, te venger ? tenta sa dragonne.

Elle soupira et s'épousseta. Oui. Se venger.

Levant son museau, elle souffla avec obstination vers la nuit et reprit forme humaine. Les angles saillants de ses griffes s'arrondirent et devinrent des doigts. Son cuir dur se transforma en peau douce et ses cheveux flottèrent dans la légère brise. L'horizon perdait doucement de sa lumière alors que sa vision changeait aussi, et ses épaules palpitèrent sous l'effort de maintenir ses ailes droites.

Elle regarda vers le toit qu'elle avait quitté, et il lui sembla loin, tellement loin. Une vague d'euphorie la balaya. Elle avait réussi !

Se pressant sous le coup d'une détermination retrouvée, elle récupéra le tas de vêtements qui s'était échappé durant son atterrissage bâclé, les enfila et marcha jusqu'à la porte de service du toit, tout en s'encourageant mentalement.

Voler était le plus difficile. Le reste sera du gâteau.

La porte était verrouillée, évidemment, mais plus pour longtemps. Elle sourit, se rappelant le jour où son cousin Rudy lui avait appris comment crocheter les serrures. Elle ouvrit et jeta un coup d'œil dans la cage d'escalier sombre, se raidissant au parfum d'ammoniaque qui en émanait. Les vampires n'avaient pas d'odeur, et seuls de légers effluves d'ammoniaque les trahissaient.

Facile, se mentit-elle en avançant lentement.

La brise nocturne ricana alors qu'elle claqua la porte derrière elle, la plongeant dans les ténèbres.

— Si, si facile, murmura-t-elle pour elle-même.

Elle serait sortie de là en un rien de temps. Pas vrai ?

Chapitre 3

Tanner lâcha ses lunettes sur le bar et regarda le plafond alors qu'une vague sensation attira son attention au-dessus de sa tête. Il tripota son col. Bordel, qu'il faisait chaud dans ce casino. Sans parler des bruits, du confinement et de la luminosité.

Je déteste Vegas, grommela son ours intérieur.

Sans déconner. Cet endroit n'était juste pas naturel. Sans sa moto qui lui permettait de s'échapper dans la nature sauvage environnante de temps à autre, il deviendrait fou. Mais son clan l'avait envoyé ici pour une raison précise, et il devait accomplir sa mission... Il filerait ensuite chez lui et ne repartirait plus jamais. La place des métamorphes ours était dans la forêt des monts Bitterroot, pas coincée au milieu des costumes-cravate.

Une main fine se glissa sur son épaule et caressa son col alors qu'une voix sensuelle murmura à son oreille.

— Tanner.

Il se dégagea et se racla la gorge.

— Amber.

— Salut, bébé, dit la danseuse en souriant avant de se pencher pour un baiser.

Il se tourna juste à temps pour qu'elle embrasse sa joue au lieu de ses lèvres. D'une main, il la saisit par le bras, la gardant assez loin de lui pour éviter que ces faux seins ne se frottent contre son torse. De l'autre, il chassa la plume d'autruche qui chatouillait son crâne. Sa coiffe en était chargée, se dressant comme une couronne criarde. Toutes les plumes étaient de taille XXL, compensant les minuscules morceaux de tissu couvrant à peine ses parties intimes.

— Salut, répondit-il en gardant une voix neutre.

Ce n'était pas qu'il n'appréciait pas Amber. Il ne l'appréciait simplement pas de cette façon. Comme beaucoup de filles de la revue du Scarlet Palace, elle était dans la dèche, désespérée de trouver de quoi gagner sa vie. Elle avait aussi un enfant à nourrir. De ce qu'il avait entendu, elle envoyait la majorité de sa paie dans l'Oklahoma pour qu'on prenne soin de lui pour elle.

Cette pensée fit saigner son cœur. La place des enfants était avec leurs mères. Les familles devaient vivre ensemble. Et les pères devaient clairement rester et s'occuper des leurs.

Il observa le bar et secoua la tête. Les humains pourraient apprendre deux ou trois trucs des ours.

Bien sûr, tout le monde dans son champ de vision n'était pas humain. Deux des serveuses, celles avec de longues jambes, des jupes courtes et une démarche bondissante étaient des métamorphes gazelles. Le caissier dégarni aux yeux perçants était une hyène. Ils restaient sous forme humaine au travail, cependant il le savait à leur odeur. Le barman homosexuel qui affichait aujourd'hui un look de pirate était une licorne, et le grand avec des cheveux bouclés était un bison.

Tanner soupira. Il avait vu presque toutes les sortes de métamorphes durant ces deux mois passés à Vegas. Et même si chacun avait sa propre histoire, aucun n'était de sa communauté. Oui, il y avait des ours çà et là, mais aucun de l'Idaho, aucun pour s'arrêter une seconde et voir la folie de cette ville.

En particulier de ce casino. Le Scarlet Palace. Que foutait-il à bosser pour un établissement dirigé par des vampires ?

Il secoua mentalement la tête, se rappelant la raison. Il aidait son clan, voilà pourquoi. Tout avait été prévu : un coup monté de l'intérieur pour récupérer l'argent dont ils avaient désespérément besoin afin de protéger leur territoire des vampires. Et c'était à lui de mener cette mission à bien.

Amber se rapprocha encore, et il se raidit ; pas dans le bon sens. Si seulement elle comprenait qu'il gardait un œil sur elle pour son propre bien, pas parce qu'il voulait l'unique récompense qu'elle serait capable de lui donner. Elle roucoula à son oreille.

— Et si, toi et moi, on...

Comment dire à une femme qu'elle ne nous intéressait pas sans la blesser ? Comment lui dire que vous en aimiez une autre ?

— Écoute, Amber...

Il s'interrompit brutalement. Holà. Venait-il de se dire qu'il aimait quelqu'un ? Il ne pouvait simplement pas être amoureux de quelqu'un qu'il ne pouvait se sortir de la tête. Juste parce qu'il avait passé la nuit la plus géniale de sa vie, deux semaines plus tôt...

Son ours soupira.

Une semaine, cinq jours et dix heures.

Tanner secoua la tête. Son ours mélangeait désir et amour. Il connaissait à peine cette femme.

J'aime ma compagne, soupira ce dernier d'une voix rêveuse.

La bête hibernait à moitié, le protégeant du glamour et de l'extravagance de Vegas. Contrairement à deux semaines plus tôt, quand son animal avait refait surface en rugissant, insistant sur le fait que celle qu'il venait de rencontrer était sa compagne.

C'était ridicule de voir la vitesse avec laquelle son ours en avait été convaincu.

Sa façon de nous sourire. Son cœur qui accélère puis ralentit. Ses yeux qui brillent... C'est notre compagne.

Non, insista-t-il. *En plus, elle n'aurait fait que mettre notre plan en péril. Elle est partie et c'est pour le mieux.*

Même s'il pensait ces paroles et ne les prononçait pas, il était difficile d'empêcher sa voix intérieure de se briser. Comme il avait été presque impossible de lui poser un lapin pour leur second rendez-vous. Pour sa propre sécurité, il devait la tenir à distance.

Sa sécurité, approuva son ours. *Elle est en sécurité, maintenant. Mais quand on en aura fini ici...*

Il fit la grimace. Parfois, il avait l'impression que ça ne se terminerait jamais.

Quand on en aura fini, reprit son ours, *on partira à sa recherche pour la revendiquer.*

Si seulement c'était aussi simple. Le travail pour lequel il était ici impliquait de voler presque un million de dollars aux vampires du Scarlet Palace, ce qui serait déjà assez difficile. Et trouver la femme qu'il désirait après ça serait comme chercher une aiguille dans une botte de foin. Elle pouvait être n'importe où...

Quoi qu'il en soit, elle n'était pas bien pour lui. Dès qu'il en aurait fini avec Vegas, il rentrerait chez lui et s'installerait avec une gentille ourse de son clan, pas une furie qui ne savait pas tenir sa langue.

Il sourit malgré lui en repensant à ce qu'elle avait dit une fois.

« Tu m'as l'air un peu pâle, pourquoi ne prendrais-tu pas un peu le soleil ? » avait-elle lancé à un vampire.

Et quand il lui avait demandé si le sol n'était pas trop dur pour elle durant la nuit qu'ils avaient passé sous les étoiles, tout ce qu'elle avait répondu, c'était : « Le plus gênant c'est ta mère qui nous regarde », en désignant la Grande Ourse dans le ciel. Elle avait ricané, contente de son trait d'esprit.

Tout ce qu'elle disait ou faisait le touchait en plein cœur.

— Quelqu'un est amoureux, lança Randy le barman gay en gloussant.

Tanner se renfrogna et regarda sa montre. Il n'était pas amoureux. Il était presque en retard pour sa seconde ronde du casino. Il était temps de se secouer.

— On se voit tout à l'heure, bébé ? demanda Amber en empoignant sa manche.

Il s'échappa, lissant sa cravate.

— Bien sûr.

Il pouvait la sentir regarder ses fesses. Ou peut-être que c'était Randy. Ou pire, les deux à la fois. Il tourna au coin aussi vite que possible, plissant les yeux. Le hall des machines à sous était vivement éclairé, les lampes les plus hystériques de tout le casino. Les sons qui les accompagnaient étaient tout aussi terribles : les manivelles qu'on actionnait, les drings et les bruits métalliques alors que les cylindres tournoyaient, les alarmes qui annonçaient les vainqueurs occasionnels.

— Allez. Allez..., marmonna un métamorphe hérisson dégarni alors qu'il tirait la manivelle.

Des symboles de pommes et d'oranges apparurent devant ses yeux.

— Encore une fois, dit un jeune homme à sa petite amie en remettant vingt-cinq cents dans la fente.

Tanner secoua la tête. Quand retiendraient-ils la leçon ? Les paris ne les feraient jamais gagner.

— Mon jour de chance, lança un homme tatoué en souriant au métamorphe raton laveur à l'œil vitreux à côté de lui.

Ce dernier avait forme humaine, mais c'était tout juste. Les cercles autour de ses yeux étaient sombres et marqués, et son nez tressaillait.

Tanner vérifia une deuxième fois le visage de l'homme tatoué à la recherche du choc ou d'une prise de conscience quelconque devant le métamorphe, cependant la magie tenait bon. Les vampires qui possédaient le casino avaient engagé quelques sorcières ; elles mêlaient juste assez de magie à l'établissement pour que les clients humains ne voient pas le moindre écart de transformation de la part des quelques êtres surnaturels autour d'eux.

Tanner jeta un œil vers la caméra de sécurité la plus proche. Les images partaient directement vers une salle de contrôle gérée par deux personnes : un gardien vampire et une sorcière qui surveillait le sort de dissimulation. Il se renfrogna. Les seuls êtres surnaturels à qui on pouvait faire encore moins confiance après les vampires étaient les sorcières, et il détestait les deux.

Que fichait-il donc à travailler pour les suceurs de sang qui possédait ce trou à rats ?

« Observe. Attends. »

Les paroles des anciens de son clan faisaient écho à ses oreilles.

« Organise-toi pour frapper au moment parfait. »

Il regarda de nouveau sa montre. Pas pour l'heure, mais pour la date. Si tout se passait comme prévu, il aurait sa chance dans quarante-huit heures. Tout était arrangé, jusqu'au dernier détail. Tant que rien d'inattendu ne se produisait, il en aurait enfin terminé avec cette mission.

Le problème était qu'il était à Vegas, où l'inattendu faisait pratiquement partie du quotidien.

Il se fraya un chemin à travers la foule et les machines à sous, continuant jusqu'à la salle des jeux de roulette, restant sur ses gardes. Les vampires l'avaient engagé pour protéger cet endroit, et il ne pouvait pas montrer qu'il avait des intentions cachées. Pas tant que ce n'était pas le moment d'agir et de mettre en route son plan établi avec soin.

— Et rien ne va plus !

Une bille argentée apparut alors que le croupier de la table la plus proche appela les derniers paris.

Une demi-douzaine de visages pleins d'espoir suivit la bille qui roulait encore et encore. Tanner secoua discrètement la tête. Ne savaient-ils pas que les tables étaient truquées ?

L'employé sourit, dévoilant des crocs qu'aucun des humains ne vit. Un autre vampire. Tanner songea qu'il ne s'habituerait jamais à leur présence et qu'il ne considèrerait jamais l'un d'entre eux comme inoffensif. Pas même celui-là, qui était au plus bas de la hiérarchie locale.

Il erra dans la salle, surveillant les clients, les croupiers, les serveurs.

Igor Schiller, le grand patron, lui avait ordonné, le jour où il l'avait engagé, de douter de tout le monde. Tanner avait eu besoin de tout son self-control pour ne pas lui demander s'il ne devrait pas aussi douter de lui.

Il ne craignait pas les vampires physiquement. Il en faudrait plusieurs pour maîtriser un ours de sa taille, déjà. En plus, ils n'avaient pas le droit de faire de lui leur proie.

Schiller avait dit que c'était la politique de l'entreprise : on ne se nourrissait pas des employés.

Comme si ça le faisait se sentir mieux. Il avait hoché la tête et joué le jeu, parce qu'il le devait. Pour Schiller, il n'était qu'un autre gros ours stupide qui cherchait un boulot dans la sécurité. Et ça avait fonctionné. Il avait rapidement monté les échelons pour atteindre exactement la position dont il avait besoin pour réussir la mission qu'il avait à l'esprit. Les vampires avaient fait un sale coup pour voler les droits d'une étendue sauvage inviolée qui longeait le domaine de son clan, donc ce n'était que justice. Il devait lui aussi faire un sale coup pour sécuriser ce territoire une bonne fois pour toutes.

Dans quarante-huit heures, c'était ce qu'il ferait. Si les choses se passaient comme prévu. S'il gardait son calme. Et si les vampires ne commençaient pas à le soupçonner.

Son ours secoua la tête.

Ça fait un sacré paquet de « si ».

Il se gratta l'oreille vigoureusement pour montrer son accord. Les ours n'aimaient pas les risques et étaient des planificateurs méticuleux. Bordel, c'était obligatoire quand on voulait hiberner la moitié de l'année. Il ne le faisait jamais vraiment, mais c'était dans son sang.

« Ours qui prévoit, ours qui prévaudra », disait toujours son père.

En fait, presque tous les ours dans les Rocheuses disaient ça. Si les jeunes pousses se plaignaient que la vie était trop prévisible et ennuyeuse, les anciens les descendaient en flèche immédiatement.

« Être prévisible signifie que ton plan a été bien établi. Être prudent signifie que tu ne te brûleras jamais. Être ennuyeux signifie que tu es en sécurité. »

Et ils avaient raison, comme chaque ours finissait par l'apprendre tôt ou tard. C'était le cas de Tanner. Il lui tardait de rentrer chez lui et de vivre de nouveau la belle vie.

— Le seize porte-bonheur ! s'exclama un homme en levant le poing alors que la bille de la roulette arrêtait sa course.

Tanner fit un signe de tête au garde dans le coin et continua sa route dans la salle de blackjack.

Tout roule ? demanda-t-il par la pensée à la panthère métamorphe qui distribuait les cartes dans le coin du fond.

Dex fit en sorte de ne pas regarder dans sa direction, répondant en hochant imperceptiblement la tête.

Encore quelques jours à supporter ces conneries et on se tire d'ici.

Il ne s'approcha pas de sa table parce que les vampires étaient vigilants. Si on comprenait que les deux complotaient quelque chose, ils seraient hors course.

Encore quarante-huit heures, approuva-t-il.

Et je compte les secondes, répliqua Dex en tournant une carte.

— As. Vingt-et-un, annonça-t-il aux clients à sa table.

— Merde ! jura le type au milieu en tapant du poing et jetant ses cartes.

— Monsieur, murmura Dex en avertissement tout en ramassant une pile de jetons.

— Quoi ? J'en ai marre de ces conneries, répliqua le mauvais perdant en bondissant sur ses pieds.

Deux gardes, humains, intervinrent, se plaçant de chaque côté. Des types gros comme des linebackers qui regardèrent droit dans les yeux l'invité tout aussi baraqué.

— Et si vous nous accompagniez ? dit le premier.

L'homme ne fit que s'énerver encore plus.

— Je vous jure, tous les jeux ici sont truqués. J'en ai marre qu'on m'arnaque !

Tanner soupira. Non, les tables de blackjack n'étaient pas trafiquées. Ils avaient juste des donneurs extrêmement talentueux, comme Dex. Le complice sur qui reposait tout son plan.

Les gardes saisirent l'homme par les bras, mais il se dégagea. Il se dressa, fumant pratiquement par les oreilles, et leva les mains, prêt à en découdre.

— Vous essayez de m'intimider ? Je fais du karaté ! Et du jiu-jitsu !

Les clients les plus proches reculèrent alors que d'autres se tournèrent avec empressement, attendant que la bagarre commence.

Tanner s'approcha et fusilla l'homme du regard.

— Je peux vous battre, répliqua l'humain avant de vaciller quand il vit qu'il surplombait déjà ses deux collègues. Je peux... euh... Je...

Il bredouilla, agitant les mains.

Tanner le défia silencieusement d'essayer quoi que ce soit. Il redressa les épaules, les laissant étirer le tissu de son costume.

Le client écarquilla les yeux et Tanner manqua de ricaner. Il aurait adoré le voir réagir à l'apparition de son ours, mais évidemment, c'était impossible. Et quoi qu'il en soit, il n'avait pas besoin de ces centimètres supplémentaires. Sa forme humaine était suffisante.

Les épaules de l'homme s'affaissèrent alors que ses yeux se posaient au sol en signe de soumission, une chose que Tanner avait si souvent vue dans sa vie. Même chez lui, avec les ours de son clan, cela lui arrivait régulièrement. Son cousin était peut-être celui qui prendrait le rôle d'alpha un jour, mais Tanner était le moteur sur qui tout le monde comptait pour faire le boulot.

— Je vais m'en aller, dit le mauvais perdant, suivant la direction de la porte que lui montraient les gardes.

Dex ouvrit un nouveau paquet de cartes et les tapota sur la table de blackjack.

— Partie suivante, mesdames et messieurs. Partie suivante.

Et aussi simplement que ça, les affaires reprirent normalement. Du moins, pendant trente secondes, jusqu'à ce que le son perçant d'une alarme incendie retentisse dans l'oreillette de Tanner.

Il grimaça et la tapota, filant vers un couloir du personnel, hors de vue des convives.

— Confirmez l'alerte. Confirmez ! aboya-t-il dans son petit microphone.

— *Alarme incendie déclenchée au vingt-septième étage*, rapporta le garde. *Attends... et au vingt-sixième aussi.*

Tanner leva les yeux, et pour une étrange raison, son cœur tambourina. Il se renfrogna. Quoi encore ?

Chapitre 4

Des bruits de pas martelèrent le couloir alors que l'équipe de gestion de crise du casino se mettait en action. Appeler la police ou les pompiers était toujours le dernier recours dans un endroit dirigé par des vampires.

— Que dit Code Bleu ? demanda Tanner.

Code Bleu était le nom de code d'Edwina, la sorcière vieillissante avec une coloration de cheveux qui avait mal tourné. Elle restait dans la salle de contrôle, gardant un œil sur le casino avec les gardes. Ou du moins autant que possible pour une personne de son âge alors qu'elle faisait cliqueter les aiguilles de son tricot.

— Elle parle d'un feu de type quatre. Elle essaie de le combattre en ce moment.

Il fronça les sourcils. Cela signifiait un feu déclenché par un moyen surnaturel, pas une cigarette oubliée ou un court-circuit. Et quand on disait que la sorcière « essayait » de l'affronter, ça signifiait surtout qu'elle n'y arrivait pas. Les bonnes sorcières étaient difficiles à trouver, un fait dont son patron se plaignait constamment.

Tanner se dirigea vers les escaliers et bondit sur les marches, rattrapant rapidement l'équipe de gestion de crise. Neuvième étage... quatorzième... seizième...

— *C'est un intrus ! Alerte effraction !* brailla un nouveau rapport à son oreille.

Un incendie *et* un intrus ? Que se passait-il ?

— Quel étage ?

— Vingt-huit.

Le penthouse ? Quel voleur serait assez fou pour entrer par effraction dans les appartements privés d'un suceur de sang ? Et pas n'importe lequel, on parlait d'Igor Schiller, le vampire le plus fourbe, assoiffé de sang et malveillant de tous. Ce type s'amusait avec les humains comme un chat avec sa proie. Même Tanner avait froid dans le dos en sa présence. Heureusement que son patron était parti pour un dîner de gala ce soir. Il n'avait pas besoin de le gérer lui, en plus d'un intrus.

— Équipe six, occupez-vous du feu, dit-il au garde. La quatre, au penthouse.

— *Ils sont déjà dessus,* confirma la salle de contrôle.

Sa peau le chatouilla alors qu'il se rapprochait du penthouse, et il se demanda qui pouvait bien être cet intrus. Un vampire rival, peut-être ? Un puissant être surnaturel ? Mais surtout, qu'y avait-il à voler dans les appartements de Schiller, à part ses tableaux d'un goût douteux ?

Il ouvrit la porte coupe-feu de l'étage d'un coup. Dès qu'il entra dans le vestibule, il entendit une femme hurler. Elle était en colère, oh oui. Totalement furieuse. Enragée. Et elle en aurait eu le droit, s'il s'était agi d'Elvira, la compagne vampire de Schiller qui vivait aussi ici.

Mais ce n'était pas Elvira. La voix de cette femme était plus grave. Plus puissante. Plus rauque. Elle touchait les profondeurs de son âme et réchauffait chaque goutte de son sang au lieu de le geler.

Il se raidit en la reconnaissant, incrédule. Non. Impossible.

— Retirez vos sales pattes ! criait-elle, faisant grimacer le garde bison qui arrivait au coin.

Tanner se figea sur place, espérant de toutes ses forces que la personne qui apparaîtrait ensuite ne serait pas celle qu'il pensait. Elle devait être à des milliers de kilomètres d'ici normalement.

— Ou plutôt, tes sales sabots !

Un deuxième garde arriva, tirant quelqu'un par le bras.

— Je peux marcher toute seule, vous savez !

Le bras plus fin que le vigile tenait se tortilla pour se dégager, et la femme apparut dans son champ de vision, le menton levé.

Sa démarche était impérieuse, comme une reine. Pas de la façon snobinarde de parvenue d'Elvira, mais avec une sorte de classe discrète de l'Ancien Monde qui lui venait naturellement. Ses cheveux auburn brillaient et même les lumières fluorescentes ne pouvaient écraser leurs nuances riches rousses et brunes. Ses lèvres étaient pleines et larges, et ses joues rosies.

Compagne! s'exclama son ours en bondissant de joie. *Compagne!*

Karen. Bon Dieu, c'était vraiment elle. La femme qu'il avait rencontrée deux semaines plus tôt...

Une semaine, cinq jours et onze heures, corrigea son ourse d'un air absent.

La femme qui avait volé son cœur durant leur toute première nuit. Leur seule nuit, en fait, parce qu'après, tout après était parti à vau-l'eau. Schiller l'avait envoyé superviser une livraison impromptue de nouveaux jetons, et à son retour, il avait découvert que Karen était retenue prisonnière par les vampires. Il avait passé une semaine à s'arracher les cheveux pour essayer de la libérer sans saboter tout espoir de récupérer l'argent pour son clan. Mais la sœur de Karen était intervenue et l'avait aidée à se faire la belle en premier, et il avait pensé que c'était le moyen qu'avait trouvé le destin pour lui faire comprendre qu'elle n'était finalement pas sa vraie compagne.

Maintenant, il n'en était plus aussi sûr.

— Je vous ai dit de me lâcher !

Elle s'écarta du garde et se tourna vers lui.

Bordel, qu'elle était belle quand elle était en colère. Presque le même genre de beauté que lorsqu'elle était excitée. Il le savait, il l'avait vu. Il l'avait tenue dans ses bras. Il l'avait touchée jusqu'à ce qu'elle jouisse dans un élan bouleversant qu'il l'avait fait lui aussi voler de manière incontrôlable, lui faisant imaginer toutes sortes de choses impossibles. Comme tomber amoureux d'une inconnue au premier regard. Comme savoir que sa vie ne serait plus jamais la même. Comme se demander si elle le désirait autant que lui la désirait. C'est-à-dire, pour toujours.

Dès qu'elle le vit, elle plissa les yeux, se figeant immédiatement.

— Toi.

Pas de salutation. Une accusation qui sortit avec quelques étincelles crépitantes vacillant dans son nez et sa bouche.

Oui, sa dragonne fougueuse était furieuse, en effet.

Il manqua de faire une gaffe et de prononcer son nom. Ainsi que de marcher jusqu'au garde pour le cogner, mais il se reprit juste à temps. Il ne pouvait pas montrer qu'il la connaissait. Pas ici, dans le repère de l'ennemi. Il était sa seule chance, et si on le soupçonnait de quoi que ce soit, c'était fini.

Merde, si cela arrivait, son plan était tout aussi cramé. Il trahirait son clan pour le bien d'une inconnue.

Pas une inconnue ! beugla son ours. *Ma compagne !*

Il serra les poings, aux prises avec son animal pour le contrôler. Il devait agir avec sa cervelle, pas avec son cœur.

Mais, putain, son cœur était bel et bien prêt à en découdre.

Elle a plus de chances de s'en tirer si on reste calme, dit-il à son ours intérieur. *En fait, c'est sa seule chance.*

L'animal souffla de frustration, mais battit en retraite.

Tanner essaya de lui envoyer un message par son regard et son esprit.

Karen ! Pitié, joue le jeu !

Elle se contenta de le toiser, les yeux plissés.

— Je n'arrive pas à croire que tu bosses pour les vampires et leurs tontons flingueurs...

Il l'interrompit brutalement, aboyant vers le garde.

— Où l'as-tu trouvée ?

— Dans les appartements du patron, avec ça.

Le garde sanglier brandit quelque chose qui luisit dans la lumière noire bleutée.

Tanner en eut le souffle coupé ; et quelques mots lui échappèrent.

— Le Diamant de Sang.

Igor Schiller l'avait acquis récemment, et Elvira avait paradé avec toute la semaine, le coinçant entre ces deux gros seins. Tout le monde en parlait encore en ville : soixante-dix carats selon certains, et valant une fortune. Ses origines mystérieuses ne faisaient que décupler son intérêt. Peut-être le diamant d'un pacha indien, ou la dot d'une princesse africaine.

D'autres histoires circulaient dans le monde des métamorphes, disant que sa couleur unique était due au sang d'un dragon.

Son regard passa du bijou à Karen, dont les yeux brillaient exactement de la même nuance.

— Il m'appartient, affirma-t-elle.

Elle chercha à la récupérer, cependant le garde le tint à distance.

— Il appartient au grand patron, m'dame, répliqua-t-il.

— Ton patron ? ricana-t-elle. Schiller le suceur ?

Elle secoua la tête.

— Non, ce diamant appartient à ma famille.

Sa voix vacilla un peu, et Tanner en eut mal au cœur. Peu importait son lien avec cette pierre précieuse, il était personnel, car elle ne flanchait jamais. Karen était une dure effrontée qui n'avait pas froid aux yeux, et elle montrait rarement sa fragilité. Pas quand on la regardait, du moins.

Son ours bomba le torse de fierté en la voyant prendre de haut le métamorphe bison qui faisait deux fois sa taille. Aucune femme chez lui n'avait cette étincelle de défiance. Allait-il vraiment se poser avec quelqu'un de banal et ennuyeux ?

Hors de question, déclara son ours.

Trois autres gardes arrivèrent, ce qui signifiait qu'il n'aurait aucune chance de tenter ce que son instinct lui hurlait ; c'est-à-dire de prendre Karen, le diamant, et de filer de cet endroit.

— Ce diamant appartient à ma famille, s'exclama-t-elle en écrasant le pied du garde.

Il bondit dans un cri étouffé et elle lui vola la pierre des mains.

— Il est à moi !

Le défi brillait plus fort que le désespoir dans son regard.

Une petite dragonne métamorphe contre tous ces vigiles, et elle campait sur ses positions.

Bien évidemment, gronda son ours.

Elle recula d'un pas, puis d'un autre, prête à fuir. Mais elle percuta alors un autre garde qui lui saisit les poignets. Elle se tortilla et siffla comme une banshee, avec peu d'efficacité.

Sans réfléchir, Tanner repoussa son collègue. Personne ne pouvait malmener Karen ainsi. Il gronda et lui lança un regard meurtrier.

Personne ne touche ma compagne ! rugit son ours en lui. *Personne !*

Le garde chancela en arrière, les mains en l'air.

Tanner serra les dents. C'était une bonne chose que ces connards ne puissent pas lire dans son esprit, car bordel, ce n'était pas le moment de se trahir.

Il se racla la gorge, cherchant à se maîtriser, tandis que Karen le scrutait de ses grands yeux ronds. Son regard était plus doux, comme si elle la sentait aussi ; cette impression de baigner dans une chaleur qui le submergeait dès qu'il se rapprochait d'elle. Une sensation de paix, de justesse, comme lorsqu'il piquait un somme sous le soleil de printemps chez lui, quand le monde autour de lui était rempli à la fois de chaleur, de fraîcheur et de promesses.

Seigneur, elle était si près de lui. Son souffle mentholé embrasait la peau de son cou. Ses yeux verts étaient rivés aux siens. Ses mains paraissaient si petites dans les siennes, pourtant elles étaient à leur place. Tout comme quand elle se calait contre lui.

Toutefois une dizaine d'yeux interrogateurs lui transperçaient le dos, et il dut reculer. Trop de choses étaient en jeu. Son devoir envers son clan. La sécurité de Karen. Le succès du plan sur lequel il travaillait depuis des mois.

— Le patron ne voudrait pas qu'on la touche, dit-il en essayant de couvrir sa prise trop douce sur ses bras.

Et aussi simplement que ça, les yeux verts brillants qui l'avaient dévisagé avec espoir et émerveillement basculèrent de nouveau dans la fureur.

Les gardes ricanèrent, et un poids s'abattit dans son ventre. Il venait d'impliquer qu'il livrerait Karen à Schiller comme si elle était une récompense de choix. Les possibilités lui retournèrent l'estomac. Comme Schiller qui buvait le sang de Karen. Qui touchait son corps. Qui...

Il détourna ses pensées de ces horreurs et riva ses yeux dans les siens, essayant de lui faire comprendre.

Je ne le laisserai jamais te faire du mal. Je ne laisserai jamais rien t'arriver.

Le regard qu'elle lui rendit était froid, cependant. Glacial même. Dégoûté. Merde, pouvait-il vraiment le lui reprocher ?

Il en avait le cœur brisé, mais il devait continuer cette mascarade. Il était le chef de la sécurité. Elle était une intruse. Il devrait trouver un moyen de la sortir de là à un moment donné. Peut-être sur le chemin des cellules de détention. Peut-être plus tard ce soir. Peut-être...

Un autre garde désigna Karen.

— Donnez-nous le diamant, madame.

— Il faudra me passer sur le corps, siffla-t-elle alors que des pas presque silencieux arrivaient derrière eux.

Les hommes autour de lui se crispèrent et Tanner n'eut pas besoin de regarder pour savoir de qui il s'agissait. Seul un vampire se déplaçait dans un silence si puissant qu'il tranchait les autres bruits. Seul un vampire pouvait faire baisser la température d'une pièce. Et seul un vampire pouvait parler d'une voix si glaciale que Tanner en avait des frissons.

Igor Schiller, le propriétaire du Scarlet Palace, approcha, examinant Karen de ses yeux de cobra.

— Si ce n'est que ça, ma chère, nous pouvons trouver un arrangement.

Chapitre 5

Karen se retrouva figée sur place pendant un moment, comme tout le monde dans la pièce. Elle fit ensuite appel à toute sa volonté de dragon pour réussir à lever le menton. Qu'il la regarde. Qu'il la menace. Elle n'avait pas peur de lui.

Bordel, ses genoux chancelant oui, en revanche.

Igor Schiller se renfrogna, les bras croisés sur sa poitrine. À part pour sa peau d'albâtre pâle, il ressemblait à un mannequin Armani ; il avait des cheveux noirs plaqués en arrière et un costume parfaitement taillé. Ses yeux étaient sombres, froids, perçants.

Elle se força à lui rendre son regard.

— Tes répliques sentent un peu le réchauffé, Igor. Elles manquent de mordant, tu ne crois pas ?

Tout le monde autour d'elle semblait s'être mis sur pause ; tous étaient paralysés sur place. Les gardes, le ronronnement de la climatisation, le bourdonnement électrique derrière les murs... tout se tut. Même Tanner ; le grand et costaud Tanner, qui n'observait le monde qu'avec ses yeux calmes et tranquilles. Même lui semblait coincé entre deux battements de cœur. Il ne restait que Schiller et elle, qui essayaient de se faire plier l'un l'autre du regard.

Ses pupilles la transperçaient, et elle pouvait sentir le sang dans ses veines faire une embardée, comme si le vampire lui commandait de se rapprocher. Son corps le désirait aussi, comme en réaction tordue à un ordre tacite. De s'avancer, de pencher la tête, de le laisser la mordre...

Elle serra les dents, monta le voltage de son regard meurtrier, et vit la surprise de Schiller.

Eh ouais, connard. Tu n'es pas le seul avec du pouvoir ici, gronda-t-elle mentalement.

Elle avait envie de le répéter à voix haute, mais pour une fois, elle garda la bouche fermée. Schiller avait tous les pouvoirs ici, alors qu'elle n'avait que la détermination dans son camp. Un match qui n'était pas équitable, purée, mais elle allait quand même se battre.

— Toujours aussi pénible, ma chère, répliqua-t-il avec son accent aristocratique d'Europe de l'Est.

Il soupira et tapota ses longs ongles parfaitement manucurés sur la surface en verre du comptoir à côté de lui. Lentement, pensivement.

— C'est en étant pénibles que les dragons arrivent à leurs fins, rétorqua-t-elle en citant son grand-père.

— Et tu as l'impression d'être arrivée à quelque chose ? dit-il en désignant le détachement de gardes qui bloquait chaque sortie.

D'accord, son cambriolage ne s'était pas déroulé aussi bien que prévu. Elle trouverait une solution... bientôt.

— La nuit ne fait que commencer, répondit-elle enfin en haussant les épaules.

— En effet, ma chère.

Il posa les yeux sur son cou.

Un grondement grave et agacé retentit sur sa gauche et même si elle ne détourna pas les yeux de Schiller, elle pouvait sentir Tanner se hérisser. Il retenait à peine un grognement franc... ainsi que sa bête intérieure, à en juger par l'odeur sauvage qui émanait de ses larges épaules.

Tanner. Une partie d'elle avait fondu instantanément en le voyant. Et bordel, presque tout son corps avait suivi quand il l'avait touchée, parce qu'une sorte de bouclier de chaleur folle s'éveillait dès qu'il se rapprochait, les protégeant tous les deux de l'extérieur. Ses yeux marron profond lui promettaient le monde, même si son visage n'en montrait rien. Cet homme était un mystère. Une énigme. Une devinette qu'elle n'avait jamais été capable de résoudre.

Mais purée, elle voulait carrément continuer à essayer.

Sa dragonne fredonna gravement en elle.

Pendant un siècle ou deux.

Les ours vivaient-ils si longtemps ? Elle n'en avait aucune idée. C'était une question sans intérêt puisque les vampires les encerclaient. Et quoi qu'il en soit, Tanner était un connard, pas vrai ? Il n'était pas venu à leur second rendez-vous, déjà. Et pire, il avait l'air de travailler pour Schiller. Quel métamorphe qui se respectait faisait une chose pareille ?

Pourtant, quelque chose se cachait derrière ses yeux qui lui disaient d'attendre. Qui l'implorait de le laisser s'expliquer.

Comme si elle avait du temps à perdre. Comme si elle voulait écouter un ours. S'il était employé par Schiller, il avait dû savoir qu'elle avait été retenue prisonnière dans le casino pendant dix terribles jours. Et avait-elle vu l'ombre d'un ours durant toute cette période ? Non. Toute cette image d'ours dur à l'extérieur et doux à l'intérieur était un leurre. Il ne l'aimait pas. Il s'en fichait. Elle ne pouvait pas lui faire confiance.

Mais..., protesta sa dragonne.

Pas de « mais ». Elle avait d'autres choses à penser que ce stupide ours.

Elle se dégagea de la poigne de Tanner et alluma chaque ampoule de défi dans son corps.

— Igor.

Elle avait fait en sorte de le prononcer de la mauvaise façon, à l'américaine. « Aïe-gor ».

Elle se laissa apprécier une seconde la lueur d'agacement dans ses yeux.

— Je vois que tu es revenue pour une petite visite, dit-il de son accent de comte Dracula.

Elle ricana et secoua la tête.

— Je ne fais que passer. La Transylvanie, ce n'est pas trop mon truc.

Elle agita une main dans cette atmosphère étouffante.

— Dommage que je ne puisse te laisser partir sans t'offrir un peu plus de notre hospitalité raffinée.

Exactement ce qu'elle craignait le plus.

— Bien sûr que si, tu peux.

— Bien sûr que non.

— Tu dois être tellement occupé, tenta-t-elle. Sucer du sang, truquer les tables de poker, te limer les ongles. Je détesterais abuser de ton temps.

— Donc, tu as cru pouvoir prendre juste un truc avant de repartir ? répliqua-t-il, ses yeux se posant sur le diamant dans son poing.

Eh bien, ça avait été l'idée de base. Et bordel, tout s'était tellement bien passé au début. Elle avait déclenché un feu dans le couloir du dessous, puis filé à l'étage supérieur quand les gardes étaient venus enquêter. Elle avait désactivé les alarmes avec une vieille astuce que sa tante May lui avait appris des années plus tôt. Le diamant était là où elle avait deviné : sur la coiffeuse ancienne d'Elvira. Elle n'aurait eu qu'à remonter sur le toit et voler vers sa liberté.

Oui, bon, *planer* vers la liberté, mais ça aurait tout aussi bien fonctionné.

Elle n'avait pas pensé à ce foutu sort de toile d'araignée que la sorcière de bas étage de Schiller avait posé, ce qui avait provoqué sa perte. Elle avait trébuché sur les fils invisibles et déclenché l'alarme. Quelques secondes plus tard, elle avait été encerclée de gardes.

Des gardes… et Tanner. Qu'est-ce qui clochait chez lui ?

— Ça m'embêterait vraiment de vous retenir, dit-elle à Schiller dans une fausse nonchalance.

Elle jouait les dures, parce que la moitié de ses terminaisons nerveuses papillonnaient de peur, et l'autre de désir. La première ciblait le vampire, et la seconde fondait pour Tanner.

— Mon diamant ! s'exclama une voix aiguë qui trancha la tension dans l'espace réduit.

Karen leva les yeux au ciel. Tanner grimaça. Même Schiller afficha un air peiné avant de se tourner vers la femme qui arrivait sur ses talons hauts.

— Il est à moi, répliqua Karen en l'écartant d'Elvira.

— Non, c'est le mien.

La vampire retroussa ses babines charnues, dévoilant ses crocs. Le contraste entre l'ivoire et la ligne noire de son rouge à lèvres était saisissant.

Karen grogna en retour. Elvira était une sangsue fourbe qui n'était bonne qu'à boire du sang... et probablement les autres fluides d'Igor. Une image dont Karen n'avait vraiment pas besoin, là.

— Vous auriez bien besoin d'un nouveau décorateur d'intérieur, commenta-t-elle en reniflant. Le rouge et le noir, c'est dépassé.

— Et toi, tu aurais bien besoin de bonnes manières, répliqua Elvira.

Elle ne l'insulta pas à la fin de sa phrase, cependant Karen put presque le lire sur ses lèvres.

— Et tu devrais vraiment travailler sur ton accent transylvanien, rétorqua-t-elle. J'entends ton américain très clairement. Brooklyn, n'est-ce pas ?

Elvira leva une main à sa bouche, horrifiée, et Karen sut qu'elle avait planté le dernier clou dans son cercueil. Enfin, si elle pouvait s'exprimer ainsi avec des vampires.

— Tue-la ! cria Elvira à Igor. Vide-la jusqu'à la moindre goutte de son sang de dragon.

Le bison lui rendit la pierre, et elle lança un regard hautain à Karen alors que Schiller lui passait le bijou autour de son cou blanc crémeux.

Elvira riva ses yeux aux siens, leva le diamant à ses lèvres pour l'embrasser et le remit au creux de sa poitrine généreuse.

Répugnant, grogna la dragonne intérieure de Karen.

Elle laissa apparaître un centimètre de croc. Hors de question d'abandonner la pierre. Hors de question qu'Elvira ait le dernier mot.

— Tuez-la, ordonna la vampire. Videz-la de son sang de dragon.

— Bien sûr, répliqua Karen en tendant le poignet sous son nez. Allez-y.

Elvira eut un mouvement de recul et elle exulta. Son sang était son atout, et elle le savait. La légende vampire disait que le sang de dragon était le plus riche de tous... si riche qu'il ne pouvait être consommé que par les plus puissants.

— Tout ce mercure parcourant mes veines, ricana-t-elle.

Tous les vampires reculèrent.

Les yeux de Schiller brillèrent de colère et d'avidité. Oh, il voulait son sang, oui. Mais même lui n'était pas assez puissant pour oser boire une goutte.

Elle toisa le vampire pendant une longue minute, puis baissa la main. Peut-être valait-il mieux ne pas défier un suceur de sang affamé. En particulier un qui dirigeait un casino et pouvait voir derrière son bluff. Pour l'instant, personne n'avait rien remarqué, cependant si on découvrait qu'elle n'était qu'à moitié dragonne...

Le jeu dangereux auquel elle s'adonnait serait alors terminé. Pour de bon.

Chapitre 6

— Emmenez-la.

Tanner poussa un soupir sans fin alors que Schiller faisait signe aux gardes. Seigneur, il n'avait jamais retenu sa respiration si longtemps. Une éternité s'était écoulée entre le moment où Karen avait tendu son poignet par défi et celui où Igor avait claqué des doigts ; Tanner avait presque bondi pour étrangler la dragonne. Était-elle folle à le provoquer ainsi ?

Folle, approuva son ours. *De la meilleure des manières.*

Eh bien, il avait été à un cheveu de se transformer en ours pour mettre le vampire en pièces. Bordel, que ça aurait été bon. Même si les autres auraient fini par lui rendre la pareille et boire son sang, ça aurait valu le coup, pour sauver Karen.

Mais un acte impulsif n'aurait aidé en rien, ce qui était la seule raison pour laquelle il avait gardé son ours en laisse.

Merde. Il était dingue de risquer ses sentiments pour une telle femme. Il allait se faire des cheveux blancs et mourir d'une crise cardiaque avec ses frasques.

Son ours sourit.

Mourir jeune et heureux, c'est mieux que vieux en se faisant chier, tu sais.

Tanner pinça les lèvres. Le destin se foutait juste de lui. Voilà. Karen n'était pas sa compagne, c'était impossible.

Pourtant son ours renifla sa piste bien après son départ de la pièce. La seule raison pour laquelle la bête la laissait filer hors de sa vue était de savoir que son sang de dragonne la garderait en sécurité.

— Toi, dit Schiller en claquant des doigts.

Tanner retint un grognement. Bordel, qu'il aimerait l'affronter, en un contre un. Cependant le destin contrecarrait ses plans sur ce point aussi, parce qu'il devait jouer les fourbes et attendre son heure. Et franchement, les ours ne faisaient pas ça. Mais il devait penser au bien être de son clan, donc il garda la bouche fermée... et les griffes rentrées.

— Je veux que tu fouilles tout le bâtiment et que tu trouves comment elle a pu entrer, ordonna Schiller.

Tanner montra le plafond du doigt.

— Eh bien, c'est une dragonne.

Il dissimula un sourire, imaginant Karen descendre en piqué sur le toit. Seigneur, il adorerait voir sa forme animale. Elle devait avoir la même nuance noir-rougeâtre que ses cheveux, il pouvait le parier. Un coup d'aile ou deux et elle s'envolerait. Quelle vue ce serait. Et quelle sensation pour son ours alors qu'il foncerait le long d'une crête de montagne tandis qu'elle volerait au-dessus de lui. Les rayons de la lune scintilleraient sur ses lèvres, et ils se retrouveraient sur un promontoire, reprendraient forme humaine et s'embrasseraient. Ils s'embrasseraient et s'exploreraient, l'odeur terreuse du dragon se mêlant à son parfum humain.

Imagine, non pas une seule nuit de ça, mais toute une vie, soupira son ours.

— Trouve les responsables et punis-les, répliqua Schiller.

Ah, la loi et l'ordre dans le monde des vampires. Si blanc ou noir.

Schiller et sa suite disparurent dans le penthouse, et Tanner passa l'heure suivante à confirmer ce dont il s'était déjà douté. Karen était entrée par le toit, avait mis le feu à quelques étages pour faire diversion, puis était remontée pour voler le diamant. L'incendie avait aussi bloqué les portes coupe-feu qui menaient aux appartements de Schiller, ce qui lui avait fait gagner du temps pour voler le bijou. Si elle n'avait pas trébuché sur le piège de la sorcière, elle aurait filé avec.

Il marcha dans le couloir du vingt-sixième étage recouvert de cendres, se disant qu'il avait tout compris. Élémentaire, pas vrai ?

Sauf que certains points ne collaient pas. Le verrou du toit avait simplement été ouvert, comme si elle avait eu la clef. Et comment avait-elle déclenché le feu ? Bien évidemment, étant dragonne, tout ce qu'elle avait eu à faire, c'était cracher quelques flammes, néanmoins les couloirs ne portaient pas d'effluves de phosphore qu'on associait au souffle du dragon. Ou du moins, c'était ce qu'il avait entendu, parce qu'il n'en avait jamais rencontré auparavant. Ils étaient assez rares, plus des légendes qu'autre chose.

Elle sera une légende, oui, gronda son ours d'une voix rêveuse.

Elles le seraient toutes les deux, avec sa sœur Kaya, qui avait embrasé la moitié des fosses de combat que Schiller dirigeait sur son temps libre. Tanner aurait aimé voir ça, cependant il avait travaillé au casino ce soir-là. Et il aurait adoré voir la tête de son patron alors que non pas une, mais deux dragonnes lui échappaient.

Il fronça les sourcils à cette pensée. S'il avait été là, aurait-il été capable de laisser Karen partir ?

Et maintenant, elle était de retour. Une partie de lui hurlait de la savoir de nouveau prisonnière, et en même temps son âme chantait. Il avait une seconde chance !

Mais vraiment, une seconde pour quoi ?

L'amour. Pour toujours, dit son ours.

Tanner descendit les marches jusqu'au dixième étage, là où Schiller gardait ses « invités » occasionnels. Il y en avait de toutes tailles et toutes formes... et de goûts aussi, se dit-il en grimaçant. Et bien que certains venaient en toute connaissance de cause, d'autres n'avaient pas le choix. Comme Karen.

Les volontaires le faisaient flipper, pour être honnête. Il y avait eu tout un groupe de femmes ayant l'âge d'être à la fac qui était arrivé durant son premier mois ici, et elles avaient participé avec appétit aux orgies de sexe et de sang qu'organisaient les vampires. Cela lui retournait l'estomac, mais tant qu'elles étaient consentantes et que les vampires ne les tuaient pas, Tanner se disait qu'il valait mieux se la fermer. Les sorcières effaçaient les souvenirs des victimes, ne laissant que le sexe, et ainsi les suceurs de sang parvenaient à dissimuler leur nature au monde extérieur. Les humains restaient tout aussi ignorants de leur existence que de celle des métamorphes.

Pourtant, cela lui filait la chair de poule d'imaginer ce qui se passait une fois les portes fermées. Voir les « invités » aux yeux vitreux supposant que leurs jambes chancelaient à cause de la pinte de trop et non pas de leur anémie. Et songer que Kara était enfermée là-bas à présent...

Ses yeux se posèrent devant lui, vers la chambre au bout du couloir. Il n'avait pas besoin de demander pour savoir où ils la détenaient. Il pouvait sentir son odeur.

Celle de ma compagne, murmura son ours.

Il secoua la tête. À un moment, son ours et lui allaient devoir discuter clairement et remettre les choses à leur place. Elle n'était pas sa compagne. Elle ne pouvait pas. Il allait simplement la libérer et la renvoyer chez elle.

Oui, c'est ça, c'est ça, répliqua son ours avec sarcasme.

Il l'aurait bien réprimandé, toutefois des voix se firent entendre depuis le poste de garde fermé au milieu du couloir, et il ne put s'empêcher d'écouter.

— Impossible qu'elle soit une vraie dragonne, disait un premier d'une voix basse, mais excitée.

Un vampire. On pouvait le dire sans même le voir parce qu'il parlait avec trop de fluidité pour que ce soit naturel.

— T'es dingue, mec, répliqua un second.

Un loup... sa voix rêche était un indice flagrant.

Tanner ralentit le pas et inclina la tête.

Le jeune vampire fit claquer ses lèvres, une habitude agaçante qui lui fit comprendre qu'il s'agissait d'Antoine, un des neveux tordus d'Elvira.

— Tu sais ce que je crois? continua-t-il.

— Qu'est-ce que tu crois? répondit le loup, monotone et désintéressé.

— Qu'elle est à moitié sorcière.

Tanner s'immobilisa. Sorcière?

— T'es fêlé, mec.

Tanner l'espérait bien. Les ours de son clan en voulaient aux sorcières depuis des générations, depuis que l'une d'entre elles avait manqué de dévoiler l'existence de tous les ours des

Rocheuses aux humains. Ils n'avaient survécu qu'en se cachant au fin fond des montagnes, loin des yeux curieux que les sorcières avaient sensibilisés aux différences subtiles entre les humains et les métamorphes ; des choses comme la lueur unique de leurs regards, leur odeur de plein air, le tressaillement révélateur des nez et des oreilles. Ils avaient tout juste évité un désastre. Les anciens dans les communautés reculées racontaient encore les histoires des « loups-garous » et des « ours-garous », même si plus personne ne les croyait. C'était une bonne chose, car il s'en était fallu de peu.

« Ne fais jamais confiance à une sorcière », avait dit son grand-père d'un ton amer.

« Ne fais jamais confiance à une sorcière », avait répété son père.

Et il ne l'avait jamais fait. Pourquoi le ferait-il ?

Son cœur bondit dans sa poitrine. Mais Karen ? Une sorcière ?

— Une sorcière, affirma Antoine, paraissant vraiment sûr de lui.

Mais bon, ce con avait toujours l'air sûr de lui.

— Comment serait-elle entrée dans le penthouse ? C'est fort Knox ici, putain.

Tanner repensa à son enquête dans les étages supérieurs. Ce n'était pas possible. Si ?

— Et si elle n'est qu'à moitié dragonne, je parie que je peux boire son sang, continua le vampire.

— Tu veux être celui qui l'apprend à ses dépens ? répliqua son collègue.

Tanner posa les yeux à l'autre bout du couloir, vers la chambre de Karen. Elle était protégée de l'intérieur par un sort, mais pas de l'extérieur. Un employé avec la clef, comme Antoine, pourrait entrer à n'importe quelle heure du jour et de la nuit.

Tanner se pencha, griffant ses propres paumes. Le bruit de doigts éraflant une surface monta à ses oreilles et il grimaça. Putains de vampires avec leurs ongles manucurés.

— Imagine le goût que ça aurait. Si épais, si riche…

Tanner se soutint au mur. Il n'entrerait pas en trombe pour étrangler Antoine. Pas encore, du moins.

— Je peux déjà le sentir sur ma langue…

— Vous êtes vraiment malades, les vampires. Tu le sais, hein ? répliqua le métamorphe loup, dégoûté. Oublie tout ça.

Le lourd silence qui suivit indiquait qu'Antoine faisait tout sauf ça.

— Écoute, je vais me chercher un café, continua son collègue. Un café. C'est de ça qu'on se sert comme remontant. Pas du sang.

Tanner recula dans un coin du couloir, restant hors de vue alors qu'il entendait les pas de l'homme s'éloigner. La sonnerie de l'ascenseur retentit et les battants s'ouvrirent avant de se refermer. Le silence reprit ses droits, les battements de son cœur mis à part.

Il imagina Antoine en train de comploter. Le jeune vampire était un petit con avide. Avide de sang et de pouvoir.

Ces trois derniers mois, Tanner avait beaucoup appris sur les vampires, plus qu'il ne l'aurait souhaité. Boire du sang leur donnait de la force, et plus puissant était le donneur, plus importants étaient les effets. Les hommes et femmes vigoureux, humains ou métamorphes… les vampires n'étaient pas regardants. Ils cherchaient le sang le plus intense, le genre à les défoncer et à booster leurs pouvoirs le plus longtemps.

Et le sang de dragon était le plus puissant de tous. C'était pour ça que Schiller convoitait celui de Karen. La seule raison pour laquelle il ne s'était pas encore nourri d'elle était la crainte qu'il soit trop riche, même pour lui.

Quand Tanner renifla l'air, il sentit l'avidité et la tentation. Vegas en était chargée, cependant l'odeur était particulièrement marquée et fraîche ici. Les effluves rances provenaient de la salle des gardes où Antoine manigançait.

Une autre information sur la mythologie des vampires jaillit au fin fond de son esprit. Les vampires divaguaient sur le fait que la goutte de sang ultime dans le corps d'une personne était la plus riche, la plus puissante. Ils avaient même un nom pour elle : *ultimum gutta sanguinis*. Ils en parlaient comme si c'était la chose la plus sacrée au monde. La plupart d'entre eux avaient l'intelligence de ne pas drainer leurs proies, comme les métamorphes savaient ne pas montrer leur forme animale aux humains. Mais les jeunes vampires insouciants... Qui savait les risques qu'ils pourraient prendre?

Jeune, insouciant, impatient... la définition d'Antoine.

Le cœur de Tanner tambourina dans sa poitrine alors qu'il cherchait quoi faire. Qu'Antoine décide d'y aller seul ou qu'il fasse part son intuition, Karen était en danger. Il devait la sortir de là, et vite. Sorcière ou pas, il n'allait pas la laisser entre les mains de ces vauriens.

Mais comment faire ça sans cramer sa couverture?

Facile, souffla son ours. *On met Antoine en pièces et on libère notre compagne.*

C'est ça. Comme si ça allait marcher. Tout le bâtiment était déjà en alerte maximale.

Il jeta un coup d'œil au coin et observa le croisement entre deux couloirs où se trouvaient des caméras de sécurité qui filmaient en panorama des deux côtés. Comme beaucoup d'autres ici, elles n'étaient pas synchronisées, laissant un angle mort toutes les trente secondes à peu près... une faille que Tanner n'avait jamais rapportée, au cas où il aurait besoin de capitaliser sur cette omission.

Comme maintenant.

Il attendait que les caméras s'éloignent puis se précipita vers la salle des gardes pour regarder à l'intérieur. Antoine lui tournait le dos, tapotant ses longs ongles sur le cadre de la fenêtre teintée.

Une cible facile, mais... oserait-il? S'il poursuivait son plan de dernière minute, ce qui n'était jamais une bonne idée, il ne pourrait pas revenir en arrière. Peut-être devrait-il y réfléchir un peu plus.

Quoi, encore? rugit son ours. *C'est notre chance!*

La chance de tout gâcher, surtout. Karen pouvait être une sorcière... une sorcière qui lui avait menti. Peut-être même une sorcière qui l'avait ensorcelé. Est-ce qu'elle valait le coup de risquer l'avenir de son clan?

Putain, oui! hurla son ours.

L'instinct reprit le dessus, et il se précipita dans le poste de garde avant que le vampire puisse réagir. Dès que Tanner écrasa son poing à l'arrière du crâne d'Antoine, ce dernier tomba dans un grognement. Il lui fallut faire appel à tout son self-control pour ne pas continuer à frapper et s'assurer qu'Antoine ne se réveille plus et n'ait plus de pensées au sujet du sang de Karen, ou de toute autre femme.

Mais il n'avait pas le temps pour ça, et le tuer ne ferait qu'éveiller les soupçons. Il prit le passe-partout, courut à la porte, et fonça dans le couloir dès que les objectifs regardèrent de l'autre côté.

— Allez... allez...

Il essaya la carte d'accès dans toutes les positions, cependant la lumière du loquet resta toujours aussi rouge. Il perdait du temps. Les caméras commençaient à revenir vers lui.

— Allez...

Il batailla une nouvelle fois et fut sur le point de l'ouvrir d'un coup d'épaule quand la lumière devint verte et qu'un clic se fit entendre. Il se faufila à l'intérieur, tournant pour refermer avant que les caméras ne captent la moindre activité.

Pfiou.

Et puis, *waouh* ! Quelque chose fusa depuis l'autre côté de la pièce, et il l'évita juste à temps. Le vase explosa à deux centimètres au-dessus de sa tête. De l'eau éclaboussa ses cheveux et une tulipe lui fouetta l'oreille.

— Enfoiré de suceur de sang... ! hurla Karen avant que leurs regards se croisent.

Eh bien, il ne s'était pas attendu à un baiser, mais un vase ?

Il essuya l'eau de son visage et leva les mains, parce que sa furie aux yeux verts brandissait un cendrier de cinq centimètres d'épaisseur et s'apprêtait à le lancer.

— C'est moi, dit-il.

Elle plissa les yeux, le visant peut-être pour une nouvelle salve.

— Toi, marmonna-t-elle, totalement blasée.

Chapitre 7

L'ours de Tanner grommela.

Elle nous déteste, et c'est de ta faute !

— Hé ! protesta-t-il.

Ce n'était pas sa faute si cette dragonne entêtée était retenue prisonnière par des vampires... pour la deuxième fois. Ce n'était pas sa faute non plus s'il avait dû prétendre jouer le jeu des sangsues.

— Quoi, « hé » ? demanda Karen.

— Ça ne t'était pas adressé, marmonna-t-il dans sa barbe.

Elle brandit le cendrier et arma son bras pour ce qui devait certainement être une balle rapide à cent cinquante kilomètres dans sa direction.

— Attends ! s'exclama-t-il en levant les bras.

Elle n'en fit rien, mais ne lança pas non plus. Elle marcha lourdement jusqu'à lui et le poussa contre la porte. Elle le poussa, littéralement. Comme s'il était un poids léger et elle le grizzly.

— Maintenant, tu vas m'écouter, l'ours, commença-t-elle.

Il aurait pu agir de dix façons différentes. Il aurait pu la plaquer contre le mur et exiger de savoir si elle était vraiment une sorcière. Il aurait pu la saisir par le bras, plaquer une main sur sa bouche, et l'emporter loin d'ici. Il aurait pu essayer de trouver les mots pour expliquer tout ce qui était arrivé juste après leur rencontre. Mais que fit-il ?

Il agit avant même de comprendre ce qu'il faisait. Quelque chose se réveilla en lui et tout à coup, il s'embrasa. Toutes ces semaines à s'inquiéter et attendre. À espérer, craindre, comploter. Toutes les heures à rêver de la nuit qu'il avait passée avec elle...

Tout ça monta de nulle part, et il l'écrasa contre lui et l'embrassa à corps perdu. Un baiser profond, avide et possessif d'ours qui lui criait qu'il était désolé. Qu'il l'aimait. Et qui la suppliait de ne plus lui lancer de vases à la tête.

Il l'implorait. La consumait. La marquait comme sienne.

Une seconde après, Karen poussa un cri surpris ; elle serra sa chemise dans ses poings, l'attirant plus près. Sa bouche s'ouvrit sous la sienne, l'invitant à la goûter. Exigeant qu'il le fasse, en fait, et passant sa langue sur la sienne à la fois. Elle le rapprocha jusqu'à ce que ses seins s'écrasent sur son torse, son cœur martelant contre le sien, son parfum l'enivrant.

Il était si perdu dans ce baiser qu'ils manquèrent de trébucher. Ils cherchèrent de l'air au même moment cependant. Il cligna des yeux, et elle fit de même.

— Karen, murmura-t-il.

Elle ouvrit la bouche, mais aucun mot ne sortit. Sa dragonne indomptable était muette, possiblement pour la première fois de sa vie.

Le besoin jaillit de nouveau, et il l'embrassa une seconde fois. Là, il la soutint délicatement contre la porte... ou peut-être pas si délicatement. Il ne savait plus, mais puisque les sons qu'elle émettait l'incitaient à plus, il continua, ayant l'impression qu'il n'aurait jamais assez de sa compagne.

Sa compagne. Holà. Sa compagne pouvait-elle vraiment être à moitié sorcière ?

Sorcière, dragonne, peu importe, marmonna son ours en lui.

Tout ce qui comptait, c'était qu'elle était sienne, qu'il était sien, et qu'ils resteraient ainsi pour toujours.

Pour toujours, chuchota son ours, savourant chaque nuance de ce baiser désespéré.

Quelque part au fond de son esprit, un gong retentit, l'informant que ce « pour toujours » se terminerait bien plus tôt qu'il ne le pensait s'il ne sortait pas rapidement sa compagne du Scarlet Palace. Il recula donc, utilisant vraiment chaque muscle de son corps, parce que la force magnétique qui le pressait contre elle était vraiment puissante. Leurs lèvres claquèrent alors qu'ils se séparèrent, et elle cala sa tête contre la porte, haletant sur son épaule.

Son cerveau pantelant ordonnait à son corps de se reprendre, néanmoins la majorité de ses terminaisons nerveuses étaient en grève, refusant de passer le message, même si la vie de sa compagne était en jeu.

Cela n'aida en rien qu'elle garde les mains accrochées à lui, ni que ses lèvres se déplacent doucement jusqu'à son oreille, comme dans ses rêves.

— Tanner, murmura-t-elle, faisant chanter son âme.

Pas le temps de chanter. Sors-la d'ici. Mets-la en sécurité.

C'était drôle de voir que l'ours était la voix de la raison, pour une fois.

Il lui fallut une autre minute pour passer une main sur les ondulations soyeuses de ses cheveux avant de vraiment se ressaisir.

— Je dois te sortir de là.

— Nous devons tous les deux sortir de là, répliqua-t-elle.

Et c'était tellement tentant. Mais ce n'était pas possible ; il devait rester et terminer ce pour quoi il était venu à Vegas. Et comment lui expliquer ça ?

Je t'aime. Je te veux.

J'ai besoin de toi, ajouta son ours.

Mais je dois te laisser partir. Encore.

Il ne s'embêta pas à essayer de lui dire ça, cependant. Pas pour l'instant. Il était temps d'agir, pas de parler. La calant derrière lui, il rouvrit la porte avec la carte d'accès et jeta un œil dehors. Il observa les caméras attentivement, puis la pressa dans le couloir. Un coup d'œil vers le poste de garde lui indiqua qu'Antoine était toujours dans les pommes.

La sonnerie de l'ascenseur retentit et il tira Karen au coin vers les escaliers. À tout moment, l'autre garde allait revenir tranquillement à son poste et donner l'alarme. Tanner descendit les marches quatre à quatre, et Karen suivit le rythme, Dieu merci. Bordel, étant une dragonne, elle pourrait peut-être en descendre dix à la fois.

Moitié dragonne, moitié sorcière ?

Pas le temps de se poser trente-six questions cependant, donc il continua d'un pas lourd et atteignit le rez-de-chaussée juste au moment où son oreillette grésillait.

— *Au dixième ! Au dixième ! Un garde à terre !*

Personne ne rapportait encore l'absence de Karen, cependant ils finiraient par s'en rendre compte.

— Dépêche-toi, gronda-t-il. Par là.

Il poussa une porte et l'air frais fouetta son visage quand il leva les yeux vers la lueur rose pâle du ciel. Il trouvait merveilleux de voir que même les rues de Vegas pouvaient sentir le propre et le frais après des heures passées cloîtré à l'intérieur. S'il arrivait un jour à se tirer de cette ville corrompue, il retournerait dans ses montagnes pour ne plus jamais en repartir.

Il déglutit devant la vision qu'offrait Karen également. Ses yeux verts sauvages, ses cheveux auburn brillants, ses taches de rousseur sur son nez... Comment pouvait-il la laisser partir ?

Oublie le clan. On trouvera un autre moyen d'avoir l'argent qu'on veut. Partons juste avec elle, supplia son ours.

Et purée, il n'avait jamais été si tenté de renoncer à sa famille.

— Vas-y, dit-il d'une voix rauque avant que son cœur ne reprenne le dessus.

— *L'invitée un a disparu !* résonna une voix dans son oreillette. *Je répète, l'invitée un a disparu !*

— Va-t'en.

Il désigna le trottoir, où un groupe de touristes passait. Elle pouvait se mêler à eux et fuir.

— Attends. Quoi ? s'étonna-t-elle en le saisissant par le bras.

— Je dois y retourner...

Il s'interrompit. Comment lui expliquer une telle chose ?

— Non. Ils sauront que tu m'as aidée. Ne fais pas ça.

La force magnétique semblait plus puissante que jamais. Il pouvait la sentir dans ses os, dans ses veines.

— J'ai un plan, mentit-il.

Elle ricana.

— C'est ça. Que vas-tu faire ?

Oui, que va-t-on faire sans elle ? demanda son ours.

— Équipe de sécurité à son poste !

L'annonce lui transperça les oreilles.

Merde. Il n'avait plus le temps. C'était maintenant ou jamais.

— Tu dois y aller.

Il avait voulu le dire avec force, mais sa voix sortit faible et bourdonnante, ce qui ne correspondait pas du tout à un ours. Il se contenta de la pousser vers le trottoir à la place. Peut-être que ça marcherait.

Elle avança de deux pas, puis s'arrêta et le fusilla du regard. Bordel, c'était la dernière fois qu'il la voyait, et elle le dévisageait avec un air furieux.

Mais soudain ses yeux s'adoucirent, et il jura pouvoir entendre sa dragonne la supplier comme son ours faisait avec lui.

Ne le laisse pas partir...

Moitié dragonne... moitié sorcière, se rappela-t-il alors. Comment une relation entre un ours et une sorcière pouvait-elle fonctionner ?

On trouvera une solution, quelle qu'elle soit, répliqua son ours. *On va y arriver.*

Karen ferma les yeux, puis hocha silencieusement la tête. Pensait-elle à la même chose ?

Quand elle releva les paupières, son regard était ferme. Sans compromis.

— Retrouve-moi ce soir. À vingt heures, dit-elle comme si elle avait une horloge ou un carnet de rendez-vous internes. Peux-tu t'échapper d'ici là ?

Un autre point de non-retour. Il lui avait rendu la liberté. Maintenant, il devait retrouver sa route.

« Ours qui prévoit, ours qui prévaudra. » Le vieux dicton soufflait dans son esprit. Et bordel, ses plans n'incluaient pas une rencontre nocturne avec des dragons, sorcières ou autres.

« Être prudent signifie que tu ne te brûleras jamais. » Il pouvait presque entendre les anciens chanter à son oreille. Cela voulait dire laisser partir Karen.

Il ouvrit la bouche, mais le mot refusa de sortir. Refusa franchement, comme un chien têtu qui clouait ses pattes au sol, baissant l'arrière-train, luttant contre sa laisse.

Il finit donc par acquiescer.

— D'accord. Où ?

Que pouvait-il faire d'autre ? Oui, il s'échapperait si ça voulait dire la revoir une dernière fois.

Elle ricana.

— Un endroit où les suceurs de sang n'iront jamais.

Il voulait proposer l'Alaska, cependant il doutait qu'elle arrive jusque là-bas en seulement quinze heures.

— Le Golden Panda, lança-t-elle avant qu'il ne propose autre chose.

Heureusement qu'elle avait l'esprit assez clair pour décider, parce que le sien n'arrêtait pas de sauter partout.

— Au bout de Fremont Street. Demande s'ils servent de la soupe de dragon.

Il resta bouche bée.

— De la soupe de quoi ?

Ce fut elle qui fila en vitesse cette fois, et lui qui resta figé sur place alors que sa voix portait jusqu'à ses oreilles.

— De la soupe de dragon, répéta-t-elle. Au Golden Panda. Vingt heures.

Elle se mêla à la foule et disparut.

∞∞∞∞

Tanner resta debout là pendant une autre minute, une minute qu'il n'avait pas, clairement. Il luttait contre le besoin de courir après Karen au lieu de retourner dans le casino. Il finit par y arriver, essuya sa bouche du baiser et sprinta dans les escaliers. C'était une sacrée bonne chose que les vampires n'aient pas un sens aigu de l'odorat, sauf pour le sang. Il y avait donc peu de chances qu'ils la sentent sur lui.

Mais lui le pouvait. C'était à la fois un paradis et une torture. Et quel bordel. Pourquoi ne l'avait-elle pas écouté dès le début ? Il l'avait prévenue au sujet du Scarlet Palace à leur rencontre. Pourquoi devait-elle être si têtue ? C'était exaspérant. Si têtue, si insouciante, si... si...

Mienne, gronda son ours.

Il monta les marches, une bonne excuse pour paraître à bout de souffle une fois arrivé au dixième. Il se mit à réprimander les gardes pour avoir été si négligents.

— Tu quoi ? Elle a quoi ? rugit-il en s'assurant que chaque accusation soit dirigée vers les deux gardes.

— Je le jure, je l'ai trouvé comme ça..., répliqua le loup en désignant Antoine, qui se tenait au mur en grommelant.

Il toucha l'arrière de son crâne avec précaution.

— C'est une sorcière. Je le jure. Comment aurait-elle pu se faufiler dans mon dos ?

Tanner retint un ricanement et poussa son meilleur grognement en désignant le café du loup.

— Tu as quitté ton poste ?

Le garde trembla, et les cinq autres qui s'étaient rassemblés autour d'eux exprimèrent leur désapprobation comme s'ils n'auraient jamais pu faire une telle chose.

— *Nous sommes en train de revoir les caméras de surveillance*, dit la voix du chef de la sécurité depuis un haut-parleur.

Tout le monde se tut. Tanner aussi.

— *Je vous les envoie sur votre écran. Attendez.*

L'image grésilla puis montra un couloir vide avec l'heure dans le coin en haut à droite. Elle recula dans le temps, puis revint au moment où le garde loup arrivait d'un pas lourd et appuya sur le bouton de l'ascenseur.

— Mec, tu vas avoir des problèmes, déclara un des gardes en faisant grogner son collègue.

Tanner resta stoïque comme jamais, scrutant l'écran bien après que le loup disparaisse dans la cabine. Ses ongles s'enfonçaient dans ses paumes et une nouvelle ligne de sueur coula sur son front. Il aurait de sacrés problèmes aussi s'il s'était planté dans son timing.

— Il n'y a rien, marmonné un des hommes. Rien du tout.

Il expira lentement.

— Je vous dis que c'est une sorcière ! insista Antoine. Elle a dû faire léviter une chaise et l'abattre sur ma tête !

Tanner dut faire appel à toute sa maîtrise pour ne pas ricaner. C'était son poing, pas une chaise. Mais bordel, si Antoine avait envie de croire ça, grand bien lui fasse.

— Comment aurait-elle pu entrer par effraction dans le penthouse ?! continua le vampire.

Sur ce point, il devait être d'accord avec lui, ce qui lui donna des démangeaisons. Était-ce possible ?

— Je vous dis qu'elle est une sorcière, réitéra Antoine.

Tanner le fusilla du regard, mais en lui, sa tête lui tournait. Merde. Sa compagne pouvait-elle être réellement à moitié sorcière ?

Chapitre 8

Karen suivit un groupe chancelant de fêtards nocturnes pendant cinq rues avant de filer dans une ruelle et de regarder derrière elle.

Aucune alerte. Pas de garde la poursuivant. Pas de vampire sous couverture qui montrait ses crocs.

Enfin, pas encore, du moins.

Les seuls visages qu'elle repéra étaient ceux aux yeux vitreux et fatigués des parieurs et buveurs. Humains, sans exception. Certains venaient de se réveiller, d'autres tanguaient jusque chez eux après avoir consommé trop de boissons et perdu trop d'argent.

Elle secoua la tête, autant pour elle que pour eux. Que fichait-elle dans cet endroit de fous ?

Le ciel formait un fond jaune et rosé derrière les lumières clignotantes qui semblaient ne jamais s'éteindre à Vegas. Des rouges criards, des néons verts et des bleus vociférants... une couleur pour chacun de ses défauts, semblait-il. Seigneur, elle avait recommencé, encore. Elle perdait la tête avec toutes ces paillettes, mais comment s'en empêcher ? Elle était une dragonne, après tout.

Et oui, moitié sorcière. Assez médiocre, avec des pouvoirs presque aussi utiles que ceux de sa dragonne.

En d'autres mots, juste assez pour lui causer des problèmes, et pas assez pour l'en tirer.

Elle prit une profonde inspiration d'un air qui n'était pas aussi douloureux et sec qu'il le serait dans une heure ou deux, et tendit le cou. Tout s'était passé sans problème, enfin, d'une manière relative, jusqu'à ce qu'elle foire tout. Elle avait jeté un sort sur la porte du toit pour l'ouvrir, un jeu d'enfant. Ensuite elle s'était faufilée dans l'escalier pour déclencher un feu aux étages inférieurs au penthouse. Le feu était peut-être le seul sort pour lequel elle était douée. Sa dragonne pouvait tousser assez d'étincelles pour que sa magie les accélère en un énorme brasier ardent. C'était toujours satisfaisant, en particulier cette fois, parce qu'elle avait pu voir la collection de peintures de Schiller sur le thème du sang être dévorée par les flammes.

Elle était après revenue dans le penthouse, était parvenue à ne pas vomir sous la puanteur de vieux sang qui imprégnait les lieux, et avait volé le diamant. Son diamant, bordel. Mais elle avait trébuché sur le sort de toile et tout foutu en l'air. C'était le problème, quand on était moitié sorcière : on ne pouvait sentir que certaines formes de magie. Pour les autres, elle était aussi aveugle qu'une chauve-souris.

Elle avait raté le coche. Pas de diamant, pas de vengeance.

— Bien joué, Karen, marmonna-t-elle. Bien joué, putain.

Pourquoi ces plans brillants ne fonctionnaient-ils jamais ?

Au moins, un ange gardien avait été là pour garder un œil sur elle. Ou plutôt, un ours gardien.

À point nommé, son pouls accéléra et ses oreilles s'emplirent d'une joyeuse musique. C'était pathétique, vraiment. Et vraiment troublant… Elle avait grandi en pensant que les compagnons prédestinés étaient un mythe. Mais sa sœur Kaya avait ensuite rêvé d'un loup avant de filer vers le soleil couchant avec lui, un air béat sur le visage. Pas le genre de bonheur qu'on avait en rencontrant un homme qui savait y faire avec le corps d'une femme, non. Un bonheur plus profond, qui apaisait votre âme. Le genre qui durait pour toujours.

Mais, bordel. Le destin pouvait-il vraiment s'être tourné vers elle aussi ? Elle avait dû faire appel à toute sa volonté pour se dégager de Tanner après leur première nuit ensemble, et cette fois avait été encore plus difficile. Elle était encore étourdie par son baiser. Savourait encore sa légère odeur sur ses vêtements… et purée, elle rêvait encore de ses doigts qui suivaient les contours de son visage.

Compagnon, ronronna sa dragonne.

Elle pouvait presque entendre sa grand-tante Gretchen en train de glousser.

« En tant que sorcière, tu seras immunisée contre ces âneries de compagnons prédestinés qui font passer bon nombre de métamorphes pour des cons. »

Peut-être. Ou pas.

Un taxi s'approcha et une partie d'elle bondit.

Hèle-le ! Tire-toi de cette ville !

Mais elle ne bougea pas, car une autre voix au fond de son esprit fredonnait le nom de Tanner, encore et encore. C'était comme lorsqu'elle avait essayé de partir avec Kaya et Trey quelques jours plus tôt. Cette sensation d'un élastique qui la ramenait vers Tanner, refusant de le laisser lui échapper. Cette impression de ne pas pouvoir tenir sans lui pendant des heures, à laquelle elle s'était juré de ne pas s'abandonner.

Et pourtant, la voilà qui craquait pour son ours d'un millier de façons différentes.

Merde. « Son » ours ?

Il nous appartient. Il nous a sauvées. Notre héros ! roucoula sa dragonne.

Elle ricana. Les dragons devaient avoir un peu plus de fierté que ça.

Il s'est mis en danger pour nous !

Ça, c'était douloureusement vrai. La question était de savoir ce qu'elle allait faire maintenant.

Elle erra dans les rues en zigzaguant, regardant derrière elle toutes les deux secondes. Petit à petit, elle s'éloigna de l'extravagance des gratte-ciels du Strip pour atteindre la facette plus sordide des rues du vieux Vegas.

Un fantôme en costume rayé et chaussures de cuir la dépassa, la saluant de son chapeau melon. Un rat se faufila dans l'ombre et un corbeau croassa au-dessus de sa tête. Le léger parfum du désert volait dans la brise du matin qui s'estompait. Karen leva le menton, observant les couleurs du soleil levant se mêler aux lumières pleines du jour. Une belle journée à passer dehors... surtout avec l'absence des vampires. Pourtant, des hommes de main pouvaient encore être à sa recherche, donc elle ne baissa pas sa garde.

Elle se pressa dans une cabine téléphonique rouge à l'anglaise au coin de la huitième et de Fremont. C'était presque une vraie, avec des dizaines de vitres et une couronne dorée sur le dessus. Une couronne, comme si la famille royale allait se pointer à Vegas et aurait besoin de passer un coup de fil à Buckingham Palace pour prendre des nouvelles de corgis.

Karen fila à l'intérieur et tapota des doigts à côté du pavé numérique pendant trois bonnes minutes. Elle avait perdu son portable à un moment durant les heures qui venaient de passer. Ne devrait-elle pas appeler sa sœur ?

Finalement, elle composa le numéro. Kaya était une lève-tôt, elle pourrait s'inquiéter, ou pire, avoir des soupçons, si Karen ne donnait pas signe de vie. La dernière chose dont elle avait besoin, c'était que son aînée se pointe pour venir la sauver de nouveau. Elle s'était mise elle-même dans ce foutoir. Elle allait s'en sortir toute seule. Pas vrai ?

Elle fit la moue.

Le téléphone bourdonna deux fois avant que la ligne décroche et que la voix essoufflée de sa sœur retentisse.

— *Karen ? Est-ce que ça va ?*

Elle leva les yeux au ciel.

— Oui, maman.

— *Où es-tu ?*

— Euh... Palm Springs. C'est génial.

Karen ferma les yeux devant les vitrines et la longue limousine qui roulait à l'intersection, imaginant des terrains de golf, des fontaines et des palmiers soufflés par le vent. OK, c'était un petit mensonge. Et alors ? C'était pour la tranquillité d'esprit de sa sœur.

— *Donc, tu as quitté Vegas ? Merci Seigneur.*

Eh bien, elle avait quitté le Scarlet Palace. C'était presque ça.

— Où es-tu ? demanda-t-elle en essayant de détourner la conversation.

— *À la maison.*

Elle semblait extatique, ce qui était rare. Elle était la sœur pragmatique, pas l'impulsive et l'émotive. Et bordel, si Kaya était tombée folle amoureuse d'un loup qu'elle prétendait être son compagnon prédestiné, quelles chances Karen avait-elle ?

— Tu devrais voir la clarté des montagnes ce matin, dit son aînée. L'air est si frais et la crique scintille sous les rayons du soleil...

Karen imagina les cimes irrégulières, le ruisseau murmurant. Elle inspira, imaginant l'air propre de la montagne, se rappelant la paix intemporelle de la vieille maison de son arrière-grand-oncle, qui appartenait à Kaya, à présent. Karen n'avait jamais été intéressée par le ranch, cependant elle avait plongé dans la crique fraîche jusqu'aux chevilles à chercher des gemmes précieuses, plus de fois qu'elle ne le pensait.

Elle tortilla les orteils dans ses sandales. Ouais, ce sera bon de rentrer à la maison. Elle était partie depuis trop longtemps, à courir après des chimères. À chercher quelque chose de plus excitant, même si tout ce qu'elle avait découvert, c'était que l'herbe n'était pas plus verte ailleurs. Pas à New York, pas à Miami, pas à Los Angeles. Et clairement pas à Las Vegas.

— Je ne connais personne qui voudrait vivre ailleurs, s'enthousiasma-t-elle.

Karen songea au regard lointain de Tanner quand il avait évoqué ses montagnes natales, le soir de leur rencontre. Il en avait parlé encore et encore sous le ciel étoilé, décrivant les étoiles comme si elles étaient ses voisines, et s'extasiant sur des regroupements de vieux pins et d'épicéas comme s'ils étaient de vieux amis. Son âme chanta rien qu'en y pensant. Peut-être que Tanner et elle pourraient aller dans les Rocheuses ensemble. Elle reprendrait ses recherches. Sa dragonne avait le nez pour trouver les meilleures pierres et gemmes, et elle avait toujours assez gagné pour tenir.

Un travail honnête, approuva sa dragonne.

C'est ça, ricana-t-elle. *Comme si ça n'avait pas été ton idée de courir après ce diamant dès le départ.*

Le diamant, c'est une autre histoire. Ils devraient être aux mains des dragons, pas des vampires.

Et aussi simplement que ça, toute sa rage et son amertume revinrent. Elle montrerait à Schiller et sa bande de suceurs de sang la vraie colère d'une dragonne.

— Comment va Trey ? demanda-t-elle en essayant de garder sa sœur loin de ses affaires.

Un soupir rêveur retentit à l'autre bout de la ligne. Un mois plus tôt, Karen aurait levé les yeux au ciel, mais là... Elle se rappelait le bourdonnement électrique qui avait réchauffé son corps quand Tanner l'avait touchée et manqua de pousser le même son.

Compagnon, murmura sa dragonne. *Mon compagnon.*

Elle cogne sa tête contre un panneau de la cabine. Seigneur, pourquoi était-ce si difficile de résister à cette attirance ?

Pourquoi s'embêter à résister ? répliqua sa dragonne.

À cause de sa fierté. Parce que Tanner travaillait pour l'ennemi. Parce qu'elle avait un diamant à voler. Parce que... parce que...

Peu importait les bonnes raisons qui lui venaient à l'esprit, elles tombèrent toutes à plat.

— Donc, vous êtes bien partis, tous les deux ? demanda-t-elle, faisant à peine attention à la conversation.

— *Eh bien, faire tourner cet endroit va demander beaucoup de boulot,* répondit Kaya. *Mais ça se passe super bien. Vraiment bien... avoir un projet sur lequel se focaliser ensemble, construire son avenir...*

Karen réprima un petit soupir. Mince, ça avait l'air sympa. Elle avait passé deux ans à rebondir de ville en ville, à chercher quelque chose qu'elle n'était jamais vraiment parvenue à définir.

Nous cherchions notre compagnon, chuchota sa dragonne.

Ce n'était pas l'impression qu'elle avait eue sur le moment, mais dès que Tanner l'avait bousculée par accident dans un bar de Vegas, le monde autour d'eux avait disparu. Comme si tout à coup, chaque étape de sa vie l'avait conduite à ce moment particulier. Comme si le destin l'avait dirigée tout le long. Chassant ses envies de voyage de son esprit, retenant les leçons après d'amères erreurs... Tout ça pour qu'elle puisse être prête à se poser quand le temps serait venu. Avec Tanner, son compagnon prédestiné.

Elle pouvait très bien l'imaginer. Lui et elle, travaillant côte à côte dans une vallée silencieuse au pied des montagnes.

Elle chercherait des gemmes et il pourrait abattre et récolter le meilleur bois. Ils pourraient se construire un petit chalet avec une grande cheminée au milieu des magnifiques paysages et...

Quelqu'un tapota sur le verre de la cabine, et elle leva vivement la tête.

— Allez, madame. Dépêchez.

Un homme désigna sa montre et mima un téléphone, avant d'agiter son portable.

— Ma batterie est morte.

Juste un humain inoffensif, cependant le regard de Karen balaya la rue quand même. Elle ferait mieux de ne pas rester si exposée et de passer au plan B. Ou L ou Q, peu importait la lettre où elle en était maintenant. Elle avait l'impression d'avoir déjà fait tout le tour de l'alphabet et de recommencer depuis le début.

— Écoute, Kaya, je dois y aller. Dis bonjour à Trey pour moi et prenez soin de vous.

— *Je le ferai. Toi aussi. Évite les ennuis, d'accord ?*

Karen retint une réplique. Elle était déjà enfoncée dans les ennuis jusqu'au cou. Encore.

Elle raccrocha, se dépêcha de sortir de la cabine, et prit une ruelle pour se rendre dans l'autre endroit qui serait très certainement exempt de tout vampire.

Avec de la chance.

Probablement.

Peut-être.

Elle jeta un dernier regard par-dessus son épaule et entendit les paroles de sa sœur résonner dans son esprit.

« Évite les ennuis, d'accord ? »

Chapitre 9

Tanner observa son reflet, vérifiant dans la vitrine d'une boutique que personne ne le suivait alors qu'il descendait Fremont Street. Il essaya de flâner comme un touriste au lieu de se presser. C'était tout ce qu'il était capable de faire avec son ours qui donnait des coups de pied, criait, lui intimant d'aller plus vite.

Allez ! Je dois voir ma compagne !

Bon sang. Comment la bête pouvait-elle être si sûre ? Et comment sa compagne pouvait-elle être une sorcière ?

Seulement moitié sorcière, répliqua son ours. *Elle est moitié dragonne aussi.*

Il ricana. Comme si cela ajoutait de la plus-value pour un ours.

Elle est parfaite ! insista l'ours, rayonnant.

Elle pose problème.

L'animal haussa des épaules, comme si ce n'était pas important.

Elle ne pose pas problème, elle a des problèmes. On la tirera de là.

Encore une fois, comment le savait-il ? Et que dirait son clan à ce sujet ? Il était à Vegas pour les aider, pas pour sauver des sorcières dragonnes totalement folles.

Ma sorcière-dragonne, le corrigea la bête.

Une voiture klaxonna, et il tourna vivement la tête. Merde, il avait vraiment besoin de faire attention et de s'assurer qu'on ne le suivait pas. Igor Schiller avait été furieux quand il avait appris que Karen s'était échappée, et même si sa colère avait été dirigée contre Antoine, on n'était jamais sûrs de rien.

Tanner se mêla à la foule puis fila vers une rue adjacente, à bout de souffle dans l'obscurité, cherchant des traces. Il avait fait attention à garer sa moto quelques rues plus loin et avait erré pendant dix minutes, faisant en sorte de semer toute personne éventuelle.

Personne ne nous suit, insista son ours. *Allons-y !*

Avec un dernier regard en arrière, il passa par une ruelle et tourna à droite. Là, marquée par des drapeaux rouges, des statues dorées et des tours chinoises qui se dressaient sur la fausse devanture, se trouvait sa destination : le Golden Panda.

Le parfum aigre-doux de la cuisine chinoise flottait dehors, ce serait donc le dernier endroit où on trouverait un vampire : pas de steaks juteux, pas de grillades grésillantes. Le riz, le poulet et la sauce soja n'étaient pas vraiment leur came. Karen était vraiment futée.

Bien sûr qu'elle l'est, dit son ours en souriant.

Il se passa la langue sur les lèvres. La journée avait été longue... en plus de la nuit précédente où il avait été de garde. Il n'avait pu que passer en vitesse dans sa chambre dans sa pension de famille sinistre avant de repartir. Un petit chop suey était juste ce qu'il lui fallait.

Quand il arriva aux statues dorées flanquant la porte cependant, il s'arrêta en captant l'odeur de métamorphes. Il ne put dire de quel genre. Tigre, peut-être. Comme ceux sur la vitrine ? Ou des dragons ? Karen avait-elle des proches qui résidaient ici ?

Il ouvrit la porte, tendu. Que ferait-il quand il la verrait ? Que dirait-il ? Et sur quoi exactement allait-il tomber là-dedans ?

Il passa un rideau de velours rouge et regarda autour de lui. Six tables simples étaient sur la gauche, avec six autres sur la droite, et il y avait un total de cinq clients. Trois étaient sur un côté à murmurer au-dessus d'une partie de mah-jong, et deux autres mangeaient habilement leur repas avec des baguettes. Des vases géants étaient chargés de tiges de bambous dans les coins de la salle et il y avait des paysages stylisés et calligraphiés suspendus aux murs. Droit devant, le comptoir placardé de photographies des plats proposés. En résumé, le restaurant chinois basique qu'on trouvait partout.

À l'exception du panda géant assis derrière la caisse, mâchonnant une branche de bambou. Le temps que Tanner cligne des yeux quelques fois, un vieil homme asiatique se tenait à sa place avec une longue barbe clairsemée, une pipe fine remplaçant le bambou.

Holà. Avait-il rêvé, ou le métamorphe s'était-il transformé aussi vite que cela ?

Le rideau de perles séparant le comptoir des cuisines s'ouvrit et une jeune femme apparut avec un tablier Hello Kitty.

— Bienvenue au Golden Panda. À boire pour monsieur l'ours ?

Tanner inclina la tête. Les pandas avaient-ils un sens de l'odorat aussi affuté que les ours, ou bien l'avait-elle deviné autrement ? Il passa une main sur son menton. Il n'avait pas eu le temps de se raser avant de venir, cependant le poil qu'il sentait était humain, pas animal. Mmh. Sa nature était-elle si évidente ?

Il renifla l'air. Les trois joueurs à droite devaient aussi être des pandas. Les deux à gauche avec leurs moustaches étranges étaient... des primates, il ne sut pas exactement lesquels. Il séchait ; quels singes avaient des poils qui se dressaient sur leur crâne et des moustaches évasées sur les côtés ?

— Euh...

Il se gratta la tête, essayant de se ressaisir.

— J'aimerais de la soupe de dragon.

Il se sentit ridicule à marmonner ça comme une sorte de code d'espion, cependant si ça lui permettait de revoir Karen...

La femme plissa les yeux. Elle l'observa de haut en bas puis échangea quelques mots avec le vieil homme.

— Un instant, s'il vous plaît, dit-elle avant de retourner vers les cuisines.

Le rideau de perles se referma derrière elle et à travers ,Tanner jura voir son corps se transformer en boule de poils noire et blanche. Un panda dans un tablier Hello Kitty ?

Il s'écarta en attendant, examinant les photographies au mur. Au début, il avait cru que c'était des clichés de la nature avec des pandas sauvages, cependant il finit par se demander s'il ne s'agissait pas plutôt de photos de vacances. Il pouvait imaginer les histoires derrière. « Voilà papy avec les neveux dans la province du Sichuan... »

En-dessous des photos de pandas se trouva un poster encadré qui avait dû être tiré du National Geographic. « Les Mammifères de la Grande Chine », avec des pandas, des tigres et... Tanner dut se pencher pour voir ce qu'étaient les singes moustachus. « Le semnopithèque de François ou le langur de François appartient à la sous-famille des Colobinae... »

Il jeta un regard vers les deux hommes qui sirotaient leur thé vert à présent, puis réexamina le poster. Langur, hein ?

Son ours haussa les épaules.

Tant qu'ils ne m'envoient pas des étoiles de jet chinoises à la tête, pas de soucis.

— Par là.

La femme avec le tablier revint et désigna un couloir adjacent.

Son cœur battit plus vite alors qu'il traversait l'espace étroit. Il renifla de l'encens, du gingembre et du thé au jasmin. Tout lui était si peu familier que c'était difficile à lire.

— Bonjour ? appela-t-il en arrivant dans une pièce circulaire.

On aurait dit qu'elle était réservée aux fêtes privées, avec son décor luxueux et riche. La seule chose qui se démarquait au milieu des canapés somptueux sur les côtés et les bouquets de fleurs exotiques au centre était le parc pour bébés bon marché. Deux bébés pandas levèrent vers lui leurs grands yeux ronds.

Celui sur la droite bâilla et cligna ses yeux cerclés de noirs, alors que l'autre agitait ses grosses oreilles et poussait de petits cris.

— Euh, salut, murmura Tanner en regardant autour de lui.

Une dizaine de pièces avec des panneaux de verre dépoli servant de portes partaient de cette salle centrale, toutes étant fermées sauf une. Il s'approcha, retenant son souffle.

La pièce était tapissée d'un papier peint rouge profond et doré, et était éclairée de lampes rouges à pampilles. Certaines avaient des dragons imprimés, d'autres des tigres, et ils semblaient tous rugir silencieusement dans sa direction. Mais son regard se décala pour se poser sur Karen, debout de l'autre côté de la petite salle.

Elle portait une robe en soie moulante avec une longue rangée de boutons chinois marquant la longueur de son corps. Elle le fixait avec de grands yeux dansants qui devaient être aussi écarquillés que les siens à ce moment. Ses cheveux étaient remontés en chignon, et elle avait croisé les bras, comme si elle n'était pas certaine de savoir par quoi commencer.

— Karen, murmura-t-il.

— Tanner, chuchota-t-elle en réponse.

Entendre son nom sur sa langue lui renvoya le meilleur des frissons dans le dos. Il s'avança, frôlant une lanterne avec sa tête.

Il répéta presque son nom, mais soudain, son esprit se vida. Merveilleusement, innocemment vide, comme si c'était la première fois qu'il posait les yeux sur elle.

Compagne, souffla son ours. *Compagne.*

Elle bougea les lèvres, toutefois aucun son ne sortit, et il ne pensa qu'à son baiser. Le goût du petit qu'elle lui avait donné à leur première rencontre et les autres plus endiablés qui avaient suivi en un clin d'œil. Il pensa aux affamés de la première nuit et au baiser confus et désespéré qui remontait à quelques heures à peine. Tous se mêlèrent et lui revinrent en rugissant comme un brasier. Aussi simplement que ça, son corps s'enflamma de nouveau.

Sans s'en rendre compte, il réduisit la distance entre eux et tendit le bras. L'air qu'elle afficha disait qu'elle répondrait avec un autre baiser au lieu d'une gifle, comme il l'avait craint au début. Mais alors que leurs lèvres se frôlaient, que leurs corps commençaient à se rencontrer, un bruit retentit derrière lui. Il se tourna vivement, protégeant Karen de son corps.

Une vieille dame sans dents caqueta et commença à allumer les bougies dans la pièce. Des bougies, comme s'ils avaient besoin encore plus d'atmosphère ou de chaleur.

— Mangez, mangez, croassa-t-elle en désignant la table.

Oh, il aimerait manger, oui. Mais les raviolis et le chow mein n'étaient plus ce qu'il avait exactement en tête.

— Tu dois être affamé, murmura Karen.

Elle tourna vivement la tête. Disait-elle cela sérieusement ou pour le taquiner ? Avec elle, il ne savait jamais.

Ses yeux scintillaient et dansaient, mais son corps restait raide et droit. Presque aussi raide qu'une partie de lui qui l'avait approchée quelques secondes plus tôt.

Bordel. Peut-être était-elle une sorcière. Peut-être qu'elle l'ensorcelait.

Soudain, il comprit. Sa grand-mère Mae disait bien que l'amour était magique, pas vrai ?

Il y avait la bonne et la mauvaise magie dans le monde, tout comme il y avait de bons et de mauvais ours. Peut-être qu'il devait laisser une chance à Karen.

Clairement, tu le dois, dit son ours. *Donne-nous une chance.*

Il prit une profonde inspiration, tira une chaise pour elle et dissimula autant que possible son jean délavé. Elle était là, pomponnée et apprêtée, alors qu'il avait l'air d'un type qui traînait dans la rue.

Ses yeux le parcoururent brièvement, et le plus drôle c'était qu'il aurait pu jurer qu'elle s'en fichait.

Quand elle avança pour s'asseoir, son parfum flotta autour de lui comme une couverture le suppliant de se pelotonner et se réchauffer. Il lui fallut toute sa volonté pour ne pas basculer la chaise en arrière et embrasser sa peau. Il contourna la petite table jusqu'au siège en face, repoussant à plus tard un millier de fantasmes au fond de son esprit... en espérant avec véhémence qu'il y aurait un plus tard. Des rêves de baisers, de succions, de coups de langue sur la peau crémeuse juste sous son oreille. Défaire son chignon, nouer ses doigts dans ses cheveux, la rapprocher de lui. La toucher, la renifler...

Il serra les poings alors que la vieille femme posait bruyamment un plateau sur la table et lui versait une tasse de thé vert.

— Donc, qu'est-ce que ce sera ? demanda Karen.

Elle dilata les narines et il n'était pas sûr qu'elle parle de nourriture ou d'autre chose. Et son maudit ours vota pour la deuxième option. Mais il n'était pas venu pour se laisser emporter une nouvelle fois. Il était venu pour... pour... euh...

— Je te laisse choisir, répondit-il enfin d'une voix rauque.

Karen se lécha les lèvres et le regarda, lui faisant presque perdre le contrôle. Un petit coup de la main et il renverserait la table et l'attirerait sur lui, prêt à la dévorer.

Elle se mordilla la lèvre inférieure et inspira profondément.

— Ma po tofu, dit-elle à la serveuse, attendant qu'il approuve. Et un bœuf au brocoli avec du riz blanc.

Il hocha la tête et se dit qu'elle avait raison. Ils devaient parler. Ils devaient trouver une solution. Mais chaque chose en son temps, pas vrai ?

Et après ça..., gronda son ours en lui, imaginant une tout autre sorte de repas.

La serveuse posa un bol de soupe devant lui et repartit. Il regarda Karen au-dessus des volutes de fumée qui montaient, se séparaient, et se retrouvaient. Que dire ? Par quoi commencer ?

« Karen, es-tu une sorcière ? » Une parmi le millier de questions dans son esprit qui fit son chemin en premier, mais il ne dit rien. Il n'était pas encore vraiment prêt pour ça.

« Karen, tu la ressens aussi ? Cette soif insatiable ? »

Devait-il l'admettre ? N'était-ce pas mieux ?

« Karen, es-tu ma compagne prédestinée ? »

Si ce n'était pas le cas, il deviendrait dingue, parce qu'aucune femme ne lui avait fait ça auparavant.

— Donc, commença-t-il lentement, parvenant enfin à prononcer quelques mots. Parle-moi du diamant.

Chapitre 10

Karen dissimula ses doigts tremblants sur ses genoux et fit de son mieux pour croiser le regard franc de Tanner. Ce qu'elle voulait vraiment faire, c'est tendre le bras et caresser sa peau. Balayer doucement le chaume rêche sur son menton, passer délicatement l'index sur ces sourcils inclinés. Juste un peu de contact pour calmer sa nervosité.

Mais le toucher ne ferait qu'attiser le feu qui faisait rage en elle. Et bordel, il avait encore meilleure allure dans un jean délavé et un T-shirt que dans un costume. Plus libre, plus détendu.

Enfin, pas exactement détendu, étant donné ses sourcils froncés et sombres, son regard inquisiteur. Mais quand même.

Elle dénoua ses doigts et se racla la gorge.

— Le diamant ? demanda-t-elle, certaine que ce n'était pas la question qui avait été sur le bout de sa langue.

Il désigna son torse large du doigt, et le cerveau de Karen court-circuita une seconde. Holà. Il avait une sacrée superficie. Et oui, elle aimerait toucher cet endroit. En fait, elle l'avait déjà touché... embrassé aussi... durant une nuit incroyable, il n'y avait pas si longtemps que ça.

Il garda le pouce sur son torse, où aurait pu se trouver un pendentif.

— Le diamant.

— Oh, ce diamant.

Elle sortit de ses rêveries et sa voix devint plus brute et amère alors qu'elle imaginait ce précieux héritage familial coincé entre les faux seins d'Elvira.

Tanner leva les mains, comme pour dire qu'il ne faisait que poser la question. Soit elle était aussi transparente que son bouillon, soit il pouvait lire en elle comme dans un livre.

— Tu as dit qu'il appartenait à ta famille, ajouta-t-il.

Elle regarda son bol, examinant la ciboule flotter dans la soupe, se demandant si elle allait oser lui expliquer. Si elle pouvait garder son sang-froid.

Tanner tendit la main, relevant doucement son menton, et lui lança un sourire malicieux qui disait que tout irait bien. Comme s'il comprenait vraiment ses inquiétudes, ses insécurités, ses craintes.

Le regard de cet homme était magique. Et son contact... elle pouvait flotter dessus. Flotter dans le genre de rêve dont elle ne voudrait jamais voir la fin.

— Ce n'est pas vraiment de la soupe de dragon, n'est-ce pas ? plaisanta-t-il, brisant la tension dans la pièce.

Elle secoua la tête et se ressaisit.

— Nan. Juste de la soupe chaude et aigre.

Il désigna la porte du pouce par-dessus son épaule.

— Tu connais les gens qui dirigent cet établissement ?

Un sujet plus facile que tout ce qu'ils devaient évoquer, merci, Seigneur.

— Des cousins éloignés du côté de ma mère, indiqua-t-elle entre deux gorgées.

Les dragons du Vieux Continent et ceux de l'orient étaient restés séparés pendant des milliers d'années, néanmoins il y avait quand même eu des mélanges occasionnels.

— De ton côté dragon, tu veux dire ? demanda-t-il d'une petite voix.

Karen s'immobilisa, la cuillère à mi-chemin de sa bouche. Merde, avait-il deviné ce qu'elle était réellement ?

Elle examina les yeux qui la sondaient, profonds, sombres, et oui, un peu méfiants. Le monde était rempli d'espèces de métamorphes différentes, et malgré les rivalités, la majorité acceptait l'existence des autres. Les sorcières, en revanche, étaient vues comme des outsiders... Différentes, comme l'étaient les vampires.

Elle inclina le menton. Voulait-il vraiment connaître l'histoire de sa famille ? Rah, il avait l'air, oui. Elle opta pour la version courte et se résolut à écarter toute émotion.

— Ma mère est une dragonne. Son premier compagnon l'était aussi, et ils ont eu ma grande sœur, Kaya.

Tanner hocha la tête, sans commenter. Il semblait respirer à peine, même.

— Mais il a été tué au combat quelques années plus tard, et ma mère, eh bien... Elle a fréquenté un sorcier pendant un petit moment. Mon père.

Son regard impénétrable la terrifiait, cependant elle s'y plongea. Il ne pouvait certainement pas la rejeter pour une parenté qu'elle ne contrôlait pas ?

— La moitié dragonne de ma famille refusait de l'accepter, donc il a fini par partir.

Elle se força à garder une voix neutre, essayant de passer outre les souvenirs amers. Les larmes de sa mère, le regard furieux de son père quand il les avait quittées. La solitude qu'elle avait ressentie, une intruse dans sa propre famille. La seule qui l'avait aimée inconditionnellement, c'était le père de sa mère. Le dragon le plus sage, le plus doux qui ait vécu. C'était lui qui l'avait encouragée à se rendre chez son père tous les étés, en disant que « La famille, c'est la famille » et que peut-être elle pourrait apprendre un tour ou deux.

Et elle avait appris. Beaucoup, en fait, même si elle n'avait jamais eu d'appétence pour la magie comme ses cousins sorciers, tout comme elle n'avait jamais eu la totalité des pouvoirs dragons.

« Ma touche-à-tout », disait son grand-père en souriant et lui tapotant le crâne.

Elle avait eu l'habitude de renvoyer des paroles plus amères dans sa barbe. « Touche à tout et bonne à rien ». Elle ne pouvait pas voler et elle n'était qu'une sorcière de seconde zone. Quel bien cela apportait-il ?

La cuillère trembla dans sa main, donc elle la reposa. Elle la plaqua presque, en réalité, et ferma les yeux, essayant d'ignorer les voix qui se moquaient d'elle dans sa tête.

« Tu ne sais même pas voler. »

« Tu ne sais même pas jeter un vrai sort. »

« Une vraie bâtarde, tu le sais ça ? »

Soudain, quelque chose de chaud et de puissant se referma sur sa main, et toutes ces émotions partirent en courant.

— Hé.

Tanner caressa sa peau du pouce, la regardant d'une toute nouvelle façon.

Elle cligna des yeux jusqu'à ce que la sensation qui la démangeait disparaisse. Tout à coup, elle avoua toute son histoire comme un train à grande vitesse hors de contrôle, parce que les mots valaient mieux que les larmes, n'est-ce pas ?

— J'ai passé beaucoup de temps avec mon grand-père avant sa mort, et il m'a raconté plein de vieilles histoires de dragon.

Il y en avait des centaines, qui remontaient à des siècles, jusqu'à l'aube du monde. Des récits de chevaliers, de châteaux, de batailles remportées. Des trésors et des actes de courage. Alors qu'elle parlait, elle lutta pour rester concentrée, parce que c'était bien trop facile d'imaginer de longues nuits d'hiver dans un chalet avec Tanner devant un feu crépitant, où elle pourrait raconter toutes ces aventures du début à la fin.

— Mon grand-père n'a vu le Diamant de Sang qu'une fois : quand il était enfant, avant qu'il ne soit volé par les vampires durant la Seconde Guerre mondiale. Il disait que son seul regret était qu'il n'avait jamais réussi à le retrouver.

— Le Diamant de Sang ? s'étonna Tanner en levant les sourcils. Je croyais que c'était un truc de vampire.

Elle ricana.

— Ils aimeraient bien. Le nom vient du dragon qui l'a trouvé à l'origine, et qui l'aurait lavé avec une goutte de son sang. C'est pour ça qu'il a cette teinte et cette lueur particulières.

Elle loucha presque, repensant au bijou qu'elle avait brandi sous la lumière de la lune dans le penthouse de Schiller. Le diamant le plus vif, clair et précieux qu'elle ait jamais vu.

— J'ai passé beaucoup de temps à le traquer. Et pendant des années, je ne suis arrivée à rien.

Elle s'appuya sur ses coudes.

— Et un jour, sortie de nulle part, je suis tombée sur une publicité de ventes aux enchères.

Tanner leva le doigt comme s'il savait exactement de quoi elle parlait.

— Les ventes qui ont eu lieu ici à Vegas il y a un mois ?

— Tout à fait. Celles qui faisaient la promotion d'incroyables richesses révélées au grand public pour la première fois.

— Dont le Diamant de Sang.

— Dont le Diamant de Sang, acquiesça-t-elle. Donc je suis venue ici pour essayer de le voir. Pour vérifier que c'était le vrai. Je me suis même incrustée durant la présentation de la collection mise en vente...

— Bien évidemment, répliqua-t-il avec un soupir.

— Et quand je l'ai vu...

Elle ne termina pas sa phrase, agitant les mains dans les airs comme si le diamant était juste là, pulsant d'un pouvoir que seul un dragon pouvait sentir.

— J'ai su que c'était lui.

Elle ne dit pas qu'elle avait su qu'elle devait l'avoir pour elle, parce que ce n'était pas une question de cupidité. C'était une question de fierté familiale. De corriger un tort. De prouver sa valeur.

— Je ne le voulais pas pour moi. Je voulais le ramener à la communauté des dragons. Leur donner son pouvoir au lieu de laisser les vampires parader avec comme si c'était un énième jouet hors de prix. J'allais le rendre aux anciens, pas le garder pour ma petite personne.

— Pourquoi ?

— Pourquoi ? Pour prouver ce dont j'étais capable au lieu qu'on retienne ce dont je n'étais pas capable. Pour qu'ils m'acceptent enfin et reconnaissent ma valeur. Pour... pour...

Elle bredouilla un moment, et ses épaules tremblèrent jusqu'à ce que Tanner referme la main sur les siennes et l'ancre de nouveau dans la réalité.

Elle inspira vivement et scruta sa soupe. Waouh. Avait-elle déjà déversé autant de sentiments en un seul souffle ? Se l'était-elle déjà admis à elle-même ?

Tanner laissa une minute passer sans rien dire. Ses doigts caressèrent les siens alors que la bougie sur la table vacilla, projetant des ombres sur leurs mains.

— Je jure que je l'aurais donné aux anciens, murmura-t-elle.

— Je te crois.

Il l'avait dit avec une telle conviction, une foi si indéfectible. Comme si c'était évident pour lui et non pas un petit miracle.

Les ours avaient de l'honneur, elle le savait. Elle pouvait faire confiance aux ours comme lui. La question était de savoir si lui, il lui ferait confiance.

— Et puis, Schiller l'a acheté, conclut-elle.

Il lui fit signe de continuer. Elle secoua la tête.

— Il a fait semblant de l'acheter, alors qu'en réalité, il était son propriétaire depuis le début. Personne ne le savait, évidemment, donc il a pu se présenter comme acquéreur. Ce n'était qu'un coup marketing pour attirer l'attention sur le casino.

Cela lui avait coûté deux cents dollars en pots-de-vin pour obtenir cette information d'un métamorphe serpent qui travaillait pour le commissaire-priseur.

Tanner hocha la tête, affichant un air dégoûté.

— C'est totalement le genre de Schiller. L'enfoiré.

— Sa famille a volé le diamant à la mienne, et la vente aux enchères n'était qu'une façade. Le montant élevé qu'il a payé a fait grimper celui des autres bijoux durant la vente et a ramené beaucoup de nouveaux clients au casino. Cela lui a permis de sortir le diamant du coffre où il le gardait enfermé pour le montrer au monde sans qu'on pose trop de questions sur son origine. Et ensuite, ce connard a eu l'audace de coller l'héritage de ma famille entre les loches d'Elvira.

Tanner se renfrogna comme si l'image le dérangeait tout autant qu'elle.

Pourtant, il eut l'air d'avoir des doutes.

— Et donc, tu as décidé de le voler ?

— D'accord, d'accord. Ce n'était peut-être pas le meilleur des plans. Mais je devais faire quelque chose. Et ce n'est pas comme si j'avais pu faire une meilleure offre que ce connard de comte de Transylvanie et le battre à son propre jeu. Il a déboursé dix-neuf millions.

Tanner se gratta le menton, pensif.

— Dix-neuf millions et deux cent mille, précisément.

— Tu étais là ? s'étouffa-t-elle.

Il hocha la tête, et elle manqua de pousser la table.

— Tu étais à la vente ? Tu es resté là et as laissé ce comte Nosfeducul acheter ce qui m'appartenait ?

Il leva les mains pour dire qu'il n'avait rien fait de mal.

— J'ignorais que c'était le tien. Je ne te connaissais pas.

Ils se dévisagèrent une seconde alors qu'un millier d'émotions se percutaient dans son cœur et son esprit. La colère. Le désir. La trahison. L'amour. L'espoir. La défaite amère.

— Et pourquoi tu bosses pour ces connards, d'ailleurs ? parvint-elle à lâcher.

Il ouvrit puis ferma la bouche plusieurs fois, avant de regarder son bouillon.

— C'est une longue histoire.

— Fais un résumé, rétorqua-t-elle.

Il leva les yeux vers elle, et pour la première fois, il parut incertain, même honteux.

— Je vais te raconter.

Sa voix était un peu rauque alors qu'il scrutait tout dans la pièce sauf elle.

— Pendant que tu manges. J'ai la sensation que la nuit va être longue.

Chapitre 11

Tanner gonfla les joues, puis se força à manger un peu de soupe. Son appétit avait fortement réduit quand Karen avait parlé de Schiller, son patron. Son putain de patron vampire. Bordel, comment avait-il pu accepter ce boulot ?

Il s'interrompit, bafouillant sur ses propres mots. Il était un ours travaillant pour un vampire. Merde. Qu'est-ce qu'elle devait penser de lui ?

Pile à ce moment, il se rendit compte qu'il valait mieux ne pas tirer de conclusions hâtives sur une personne. Peut-être que le fait Karen était à moitié sorcière n'était pas si primordial que ça. C'était son cœur qui importait, n'est-ce pas ?

Le cœur, approuva son ours. *L'âme.*

Il regarda profondément dans ses yeux et y dériva presque. Il se secoua mentalement pour se forcer à se reconcentrer sur sa question. Pourquoi travaillait-il pour des suceurs de sang, déjà ?

— La société holding de Schiller...

— Scarlet Enterprises ? l'interrompit-elle avec un ricanement.

Il hocha la tête.

— Ils veulent s'agrandir, allant même jusqu'à l'Idaho. Mon clan ours a eu vent de leur dernier projet là-bas.

La serveuse âgée entra, les coupant et échangeant leurs bols de bouillon pour des plateaux de nourriture, avant de repartir lentement.

— Laisse-moi deviner, dit Karen en prenant une bouchée de bœuf. Un autre casino ?

75

— Ouaip. Un qu'ils veulent monter au beau milieu d'une étendue de forêt vierge limitrophe à notre territoire. Nous avons vu les plans. Ils souhaitent le promouvoir comme un établissement « en contact avec la nature ».

— C'est ça, oui, ricana Karen. En contact avec la nature, comme Vegas ? On ne sait même pas s'il fait jour ou nuit ici, et on peut encore moins respirer de l'air frais.

Je ne te le fais pas dire, soupira son ours.

— Nous pensions que ce terrain était une réserve inviolable, mais il s'avère que deux groups de « natifs » se disputent l'acte de propriété.

— « Natifs » ?

Il secoua la tête.

— À peu près aussi natifs que Schiller.

— Donc, quel est le lien ?

— Les hommes de Schiller ont trouvé un type autochtone au trentième degré, et quoi qu'il en soit, c'est suffisant pour que ça compte. Ils l'ont payé et ont financé une campagne pour obtenir les droits du territoire.

— Et pourquoi ne pas acheter ce type à votre tour ?

— On a essayé, mais on ne peut pas monter aussi haut que Schiller.

— C'est-à-dire ?

— Six millions de dollars.

Karen siffla, et Tanner grimaça. Son clan était riche de ce qui comptait vraiment : l'air frais, l'eau propre, la forêt dense. Les réserves d'argent, en revanche, étaient plutôt minces. Et la dernière chose dont ils avaient besoin, c'était qu'un groupe de vampires dirigent un casino dans le jardin d'à côté. La forêt qui protégeait leur territoire serait déboisée et il y aurait des étrangers partout. Des humains de l'extérieur, et pire, des vampires qui semblaient ramener partout avec eux leur marque de crime organisé.

— N'y a-t-il pas un moyen de le contourner ?

Il hocha la tête. Merci, Seigneur.

— Il y a un autre type, un métamorphe chouette qui est un vrai autochtone. Il essaie de protéger le territoire depuis des années pour en faire une réserve naturelle. S'il amasse assez d'argent pour aller au tribunal, on sait qu'il peut battre l'homme de Schiller. Le territoire restera sauvage et les vampires ne s'en approcheront pas.

— Donc, quel est le problème ?

Il ricana.

— Tu as un million de dollars à disposition ?

Elle s'enfonça dans sa chaise et son ours gémit légèrement quand l'espace entre eux s'agrandit de nouveau.

— Waouh. D'accord. Probablement pas, non.

Elle se pencha de nouveau et son ours s'en réjouit.

— Donc tu es venu à Vegas pour… ?

Il s'attaqua à un morceau de bœuf avec un peu plus de violence que prévu.

— Mon clan m'a envoyé. Les anciens ont eu l'idée de voler assez d'argent à Schiller d'une façon ou d'une autre pour le prendre à son propre jeu.

Karen sourit.

— Il y a de la beauté là-dedans, je dois le dire.

— Ils m'ont donné pour mission d'infiltrer l'opération de Schiller et de monter un coup.

— Un coup ? Quel genre ?

Il mâchonna une autre bouchée et l'avala avec une gorgée de bière Tsingtao, gagnant du temps. Pouvait-il faire confiance à Karen et lui révéler son secret ?

Elle nous fait confiance, dit son ours. *On peut lui rendre la parcille.*

Mais ce n'était pas si facile, si ?

Bien sûr que si, répondit son ours. *Fais au plus simple.*

Bordel, il pouvait déjà voir la tête des anciens de son clan s'il revenait chez lui en disant que non seulement il avait tout foiré, mais qu'en plus, il s'était planté après avoir lâché des secrets à une femme qu'il connaissait à peine.

— Et si on mangeait d'abord ? Pas parce que je ne te fais pas confiance, ajouta-t-il en vitesse.

— Ah bon ? répliqua-t-elle avec un regard noir, le désignant de sa fourchette. Alors, pourquoi ne me le dis-tu pas ?

Il se mordilla la lèvre.

— Parce que je ne me fais pas confiance.

— En quoi ?

Il ricana. En tout. Son instinct. Ses émotions. Dévier de son plan d'origine. En plus de son ours, qui insistait sur le fait qu'elle était sa compagne. S'il ne faisait pas attention, il finirait à genoux avec une alliance en un instant.

Karen le regardait comme si elle ne comprenait pas en quoi il n'était pas fiable, ce qui le fit franchement flipper. Que le clan le croie capable de réaliser l'impossible était déjà assez mauvais. Qu'un magnifique dragon métamorphe lui fasse également confiance...

C'était une bonne chose que cette serveuse fouineuse refasse son retour, cette fois avec un bébé panda accroché à la hanche.

— Comme tu es choupinet, toi, roucoula Karen en lui grattant les oreilles.

Tanner s'attendait à ce que son ours soit jaloux, mais le grizzly en lui se ramollit soudain.

C'est mignon, murmura son ours. *Et un jour...*

Holà, mon pote, l'interrompit Tanner avec une longue gorgée de son verre. *Une chose à la fois, d'accord ?*

Et aussi simplement que ça, sa concentration se reporta sur Karen. Ses yeux scintillants, ses lèvres bougeant à vive allure pour faire des bruits de bébé, ses cheveux soyeux. Tout autour d'eux cessa d'exister, et il n'y eut plus qu'eux deux de nouveau.

Il finirait par lui dire, bien sûr. Il le savait déjà. Chaque détail de son plan... et le fait qu'il commencerait dès le lendemain. Où et comment. Toute la vérité et rien que la vérité, donc que Dieu lui vienne en aide, parce qu'il lui était impossible de mentir à sa compagne.

Sa compagne mi-dragonne, mi-sorcière. Bon sang, il aurait beaucoup d'explication à donner s'il arrivait à regagner l'Idaho.

Aussi intimidant que ce soit, cependant, il se réchauffa à cette idée.

« Voici Karen, ma compagne », dirait-il en la tenant près de lui au moment de la présenter à sa famille.

Son ours approuva et s'entraîna au grognement guttural qu'il émettrait si un imbécile essayait de protester devant leur union.

Ma compagne prédestinée.

Cela sonnait plutôt pas mal, en fait.

Quand la vieille dame reprit leurs assiettes et repartit, Karen inclina la tête vers lui.

— Tu devrais voir ta tête. À quoi penses-tu ?

— À toi, murmura-t-il. Toi.

Elle tendit le bras au-dessus de la table, prit sa main dans la sienne, et lui caressa les doigts. Sa peau était douce, agréable et chaude, et il ne put s'empêcher de fermer les yeux.

— À quoi tu penses maintenant ? demanda-t-elle d'une toute petite voix.

— À te toucher, chuchota-t-il.

Une seconde silencieuse passa, et elle murmura en retour :

— Où ?

Et tout à coup, les flammèches qui avaient vacillé de désir pour elle durant l'heure qui venait de passer grandirent en un brasier infernal.

— Partout, avoua-t-il alors que son jean devenait trop étroit.

Une minute lente et suffocante défila et une perle de sueur se forma sur son front alors que Karen le déshabillait des yeux.

— Et quoi d'autre ?

Sa voix rauque fit bouillonner son sang.

— Je pense à t'embrasser. Partout.

Il imagina exactement par où il commencerait, soit la peau sensible juste sous son oreille, et où il continuerait après ça. Le creux de sa nuque, la courbe de sa clavicule, le renflement de ses seins.

— Je veux te faire l'amour toute la journée et toute la nuit.

Elle gloussa doucement.

— Tu es sûr de parler de moi ?

Seulement de toi, intervint son ours. *Il n'y a que toi. Personne d'autre. Jamais.*

— Toi, souffla-t-il en faisant jouer son pouce avec le sien.

— Toi et moi ? répondit-elle d'une voix sensuelle, affamée.

Il hocha la tête.

— Toi et moi.

Il garda les yeux fermés ; malgré tout il pouvait voir la pièce dans son esprit. Le papier peint de soie, les riches couleurs des lampes rouges au-dessus de sa tête. Derrière l'odeur des bougies se consumant se cachait le parfum caractéristique de l'excitation. Celle de Karen et la sienne, enroulées dans les premiers pas d'une samba collée serrée. Il prit une profonde inspiration.

— Toi et moi..., répéta Karen, passant une main sur son bras.

Des étincelles traversèrent son corps.

— Toi et moi ensemble, comme cette nuit sous les étoiles.

Sa main resta sur la sienne tandis qu'elle se levait de la chaise qui racla le sol. L'espace sur sa gauche se réchauffa de sa présence alors qu'elle le tirait un peu sur le côté. Il recula de la table et la laissa s'installer sur ses genoux. Avec légèreté, comme si elle l'avait fait un millier de fois auparavant. Avec empressement, comme si elle chuchotait à son oreille.

— Tu as ta moto pas loin ?

Son cœur tambourina plus fort. Il hocha lentement la tête, et elle garda les lèvres à son oreille, bougeant de haut en bas, lui massant la peau. Faisant crier chacune de ses terminaisons nerveuses.

Il glissa un bras autour d'elle, sur sa taille et l'autre à ses épaules, sans même jeter un coup d'œil pour le guider. Son corps reconnaissait le sien instinctivement. Et quand il ouvrit les lèvres pour chuchoter, elle avait ses lèvres juste là, au point qu'il ne pouvait dire si c'était lui qui avait initié le baiser ou elle. Il s'en fichait un peu, franchement, car une centaine de saveurs délicieuses emplirent sa bouche et son nez alors qu'il se délectait d'elle.

Belle, murmura son ours, déjà en extase. *Si belle.*

Karen se rapprocha encore. Au point que ses tétons se pressèrent contre son torse, presque aussi dressés que son membre dans son jean. Les boutons de cette robe de soie étroite s'enfonçaient dans sa peau, aussi il s'imagina les faire sauter un à la fois.

— Je ne sais pas si je vais arriver à temps jusqu'à la moto et dans les collines, murmura-t-il en laissant sa main gauche parcourir ses côtes.

— Moi non plus.

Elle l'embrassa sur le côté du visage et dans le cou, passant une main sous son T-shirt.

La main qu'il avait laissée serpenter vers le haut décida soudain de descendre, et il la dévia sur sa cuisse, la faisant bondir plus près. Trouvant l'ourlet de sa robe, il la remonta plus haut. Encore. Et encore...

— Tanner, murmura-t-elle.

Une porte s'ouvrit et se referma quelque part dans le couloir, et il leva la tête, cherchant et écoutant.

— Ne t'arrête pas, supplia Karen en remettant sa main où elle était.

— Je n'ai pas envie. Mais je n'ai pas non plus envie que Mamie Panda nous interrompe maintenant, répliqua-t-il en se retenant à peine.

Bordel, Karen était encore plus belle quand elle était excitée.

Lentement, elle glissa de ses genoux, affichant un sourire fourbe.

— J'ai loué la chambre à l'étage. Elle est petite, mais avec un très grand lit.

— Je te suis, mon ange.

Chapitre 12

Karen guida Tanner hors de la pièce, dans le couloir, et monta un escalier grinçant. Elle n'arriva pas très loin néanmoins, avant de s'arrêter pour un autre baiser rapide. Elle avait besoin de le goûter un peu pour dépanner jusqu'à atteindre l'intimité de sa chambre.

Étrangement cependant, le « rapide » se transformant en « long », puis « profond » et elle gémit de plaisir. Les choses s'améliorèrent encore quand Tanner la plaqua contre le mur de son corps dur et puissant.

Sa dragonne ronronna. Elle aimait beaucoup cette brusquerie.

Il passa les mains sur l'ourlet de sa robe qipao, et elle se félicita sur son choix du soir.

— Tu aimes cette robe, murmura-t-elle entre les baisers.

— Je l'aime tellement que je vais avoir besoin de te l'enlever vraiment très vite, gronda-t-il.

Il se pressa à elle pour un autre baiser. La ligne ferme de ses lèvres ouvrit les siennes, et sa langue pilla sa bouche, explorant, célébrant, revendiquant tout ce territoire comme sien.

Une dizaine d'alarmes auraient dû se déclencher dans sa tête, parce que tout le monde savait que les ours étaient les métamorphes les plus territoriaux de tous. Elle devait vraiment faire attention à ça. Elle était une femme indépendante, après tout.

Mais elle en avait marre d'être seule. Elle voulait être sienne. Le laisser la consumer. La marquer. La revendiquer. Elle voulait faire partie d'un lien à deux au lieu d'un occasionnel tête-à-tête. Même si ce n'était que pour ce soir.

Pas juste ce soir, gronda sa dragonne. *Pour toujours.*

Le langage corporel de Tanner ne faisait que crier « Mienne » tandis que le sien lui renvoyait cet écho. Chaque éraflement de son chaume sur sa joue, chaque contact de ses grosses mains la faisait monter encore plus haut alors qu'il la marquait de son odeur.

Je suis à toi, lui dit-elle avec de petits touchers.

Le message était codé dans sa façon de rouler la tête sur le côté, dans sa façon de s'abandonner à sa langue, d'enrouler ses cuisses autour de lui.

Il se balança contre elle et elle remonta ses jambes comme un boa.

— Là, haleta-t-il en relevant une cuisse plus haut.

Un instant plus tard, elle gémissait de manière plus incompréhensible.

Ils allaient à une vitesse folle, cependant une fois que les vagues de désir déferlèrent, elle ne put faire rien d'autre qu'essayer de faire face.

Ce n'est pas du désir, corrigea sa dragonne. *C'est de l'amour. C'est mon compagnon.*

— Compagnon ? chuchota-t-elle avant de grimacer.

Elle n'avait pas eu l'intention de le dire à voix haute.

Les yeux de Tanner s'illuminèrent d'un éclat intense et profond, et il hocha la tête.

— Compagne, murmura-t-il en retour.

Pendant un moment, elle fut perdue, scrutant son regard comme s'il était fait de billes de cristal remplies d'un brouillard tourbillonnant qui voilait son avenir. Tanner ouvrit alors la bouche, et elle avança la tête pour un autre baiser. Et un autre, et un autre, jusqu'à ce qu'il remonte l'escalier avec elle dans ses bras, les faisant chanceler.

— Celle-là.

Elle désigna la porte qu'il manqua de dépasser.

Il la poussa du pied puis la referma d'un coup d'épaule sans relâcher Karen. Vu comment les choses se déroulaient, il pourrait ne jamais la lâcher, et cela lui allait très bien.

Elle renifla son cou tandis qu'il descendait les mains, remontait sa robe et écartait ses jambes plus grand. Ce qui était parfait sauf pour une chose.

— Trop de couches, marmonna-t-elle, en libérant sa prise sur sa taille.

— Bien trop de couches, approuva-t-il.

Des lumières néon bleues provenant de dehors brillaient par les fenêtres, encadrant Tanner d'une lueur vaporeuse. Un groupe de touristes traversa la ruelle en contrebas, et un rire retentit.

Tanner posa sa grande main ouverte sur ses côtes tout en passant les doigts de l'autre devant sa robe.

— Trop de boutons.

Elle secoua la tête.

— Juste assez de boutons, je crois.

— Assez pour quoi ?

Le regard qu'il lui lança était si brûlant qu'elle flancha un tout petit peu.

— Assez pour rendre tout ça amusant. Mais je peux commencer, si tu veux.

Elle chercha le bouton de son jean.

Un grondement profond et dangereux résonna dans son torse, et pendant un moment, elle pensa qu'il allait lui sauter dessus.

— Commencer par où ?

Sa voix était grave et grondante, comme le tonnerre derrière une crête de montagne.

— Juste là.

Elle ouvrit le bouton de son jean et passa un doigt sur la fermeture zippée, le chatouillant. Elle le prit ensuite dans une main, qui était loin d'être assez grande pour tenir tout ce qui étirait le tissu.

Alors qu'elle commençait à se demander pourquoi Tanner la laissait tout gérer, la réponse vint toute seule. Un homme avec une telle intensité aurait dominé facilement chaque femme qu'il touchait. Peut-être que la laisser diriger était nouveau. Peut-être qu'il aimait.

Il appréciait clairement, à en juger la lueur dans son regard et son souffle saccadé. La question était de savoir combien de temps il la laisserait faire. Jusqu'où pouvait-elle pousser ?

Tout à coup, elle eut vraiment, vraiment envie de le découvrir.

— Laisse-moi voir, dit-elle, même si ses mains n'étaient pas du tout en train de voir.

Elles étaient occupées avec son jean.

— Et si tu baissais ça ?

Ses narines se dilatèrent. Elle se dépêcha avant qu'il réagisse, ouvrant la fermeture et baissant lentement son jean.

— Oups. Chaussures, murmura-t-elle.

Il tendit les mains, mais elle la rattrapa.

— Maintenant que j'y pense, laisse-les là. J'aime bien que tu sois coincé. Sans défense.

Il leva un sourcil.

— Sans défense ?

— Sans défense.

Elle hocha la tête. Aussi sans défense que l'était un ours métamorphe de quatre-vingt-dix kilos, du moins. Même si ce n'était pas grand-chose, elle s'amusait trop pour s'arrêter maintenant.

— Comme ça, je peux continuer mon plan diabolique.

Elle passa les mains sur son torse, descendant petit à petit.

Son corps était tendu, ses yeux chargés de désir, et sa bouche se courbait dans le plus léger des sourires.

— Un vrai plan ?

— Hé ! J'ai toujours un plan.

Il inclina la tête, clairement sceptique.

— Ils ont juste tendance à évoluer au fur et à mesure.

— « Évoluer », hein ?

— Évoluer, affirma-t-elle en hochant la tête.

Elle glissa ses doigts plus bas et trouva son membre qui jaillit presque tout droit.

— Bien sûr, je peux toujours arrêter, menaça-t-elle en tombant lentement et volontairement à genoux.

Il baissa les yeux et la regarda d'une hauteur qui semblait monter jusqu'à trois mètres.

— Ne t'arrête pas.

Sa voix était à présent un chuchotement rauque.

Elle se pencha, le tenant, puis tourna la tête pour embrasser le bout.

Tout son corps frémit, retenant tout juste son désir, et il referma ses doigts dans ses cheveux.

— Ne t'arrête pas, chuchota-t-il de nouveau.

Oh, elle n'en avait aucune intention. Elle le lécha sur toute la longueur, descendant et remontant, avant de le prendre enfin dans sa bouche. En un rien de temps, elle se retrouva elle-même à émettre des petits bruits alors qu'elle faisait son va-et-vient. Le prenant plus profondément encore, reculant, et se balançant plus près pour avancer encore de quelques centimètres. Sa langue lapait en même temps, et son corps entier s'échauffa. La pouvoir de Tanner crépitait juste sous la surface, mais pour l'instant, c'était elle qui tenait les rênes. Un plaisir en soi avec un homme comme lui.

Elle adopta un rythme lent et régulier tandis qu'il serrait ses cheveux, qu'il empoignait le vide, ou se contractait sur la surface lisse de la porte qui lui servait d'appui. Elle savait qu'elle s'agripperait aux draps de la même manière quand ils se mettraient dans le lit, et qu'elle pousserait des bruits encore plus forts que les petits halètements avides que Tanner lâchait alors qu'elle le travaillait de haut en bas. Elle enroula sa langue autour de son gland et tira de ses lèvres avant de les ouvrir en grand et de le prendre encore plus loin.

Il murmura quelque chose, ou peut-être qu'il hurla ; elle n'était consciente de rien d'autre que la sensation, le goût et la chaleur qui faisaient frémir son être.

— Attends, insista-t-il.

Elle l'entendit à peine.

Elle s'écarta lentement, un millimètre à la fois, et leva les yeux. Belle vue. De l'ours partout, prêt à être saisi. Pourquoi s'arrêter maintenant.

— Ce n'est pas bien ?

— C'est trop bien.

Il la fit remonter et l'embrassa. Il s'interrompit ensuite pour dire quelque chose, cependant ses yeux brillèrent en premier, comme s'il venait de se rendre compte de son goût sur ses lèvres. Il plongea sur sa bouche pour en avoir plus.

Karen remonta son T-shirt, jouant avec ses tétons, cherchant toujours plus de contact.

Tanner haleta contre son cou une seconde, chaque muscle s'étirant sous des liens invisibles.

— Je pourrais finir ce que j'ai commencé, tu sais, murmura-t-elle.

Il secoua la tête.

— Le seul endroit où je veux jouir, c'est en toi.

Eh bien, il avait déjà été en elle, techniquement, mais elle n'allait pas chipoter. Pas avec une telle offre.

— Eh bien, montre-moi ce que tu as en réserve.

Il prit son visage entre ses deux mains et passa les pouces sur ses joues, l'air plus sérieux que jamais. Sérieux au point d'être heureux pour toujours, ce qui fit accélérer son rythme cardiaque. Il afficha alors un petit sourire et recula.

— Ton plan prévoyait-il de m'enlever mon jean avant mes bottes ou l'inverse ?

Elle baissa les yeux, et en effet, il était toujours empêtré dans ses vêtements. Oups.

— C'est juste un détail.

Un détail qu'il rectifia en dix secondes à peine en retirant son T-shirt et ses chaussures, puis son jean et son boxer.

Toute cette chair masculine sous son regard.

Miam, miaula sa dragonne.

Tanner la fit reculer vers le lit, un pas à la fois.

— Une seconde. Attends, marmonna-t-il avant de dire un mot à chaque pas. Attends de voir mon plan.

— Je ne suis pas quelqu'un de patient, répondit-elle alors que ses jambes cognaient le matelas.

Quand il se pencha lentement, elle s'accrocha aux lignes fuselées des muscles de ses épaules, refusant de lâcher.

— J'ai remarqué. Mais ce n'est pas moi qui ai plein de boutons.

Il passa les doigts sur sa robe de soie comme un peu plus tôt. Les baissant puis les remontant, touchant chaque bouton chinois, passant sur l'arrondi de ses seins et plongeant vers sa taille.

— Alors, au travail, monsieur.

Elle glissa une main sur son ventre nu.

Il la rattrapa avant qu'elle arrive trop bas et la posa sur son épaule.

— Ça, ça va là, dit-il. Et ça...

Il guida sa main gauche sur son autre épaule.

— Ça va là.

Ah, l'ours reprenait le dessus. Eh bien, elle pouvait suivre le mouvement.

— Et toi, tu vas là, lança-t-elle en guidant ses lèvres sur les siennes.

Ses baisers la firent fondre un en tas gémissant, avec des jeux de langue qui devaient être spécifiques aux ours. Et waouh, quel jeu. Il commença à dessiner un chemin sinueux le long de son corps.

— Et je vais là, murmura-t-il en embrassant son cou.

Elle sentit ses dents érafler sa peau sensible et souleva son corps, un grognement s'échappant de ses lèvres.

— Et là.

Alors qu'il l'embrassait jusqu'à l'autre côté, il s'attelait aux boutons de ses doigts agiles, et la robe moulante se détacha de sa poitrine.

— Je commence à avoir le truc maintenant, murmura-t-il en se dépêchant de terminer.

Les boutons se dégagèrent des anneaux qui le retenaient. Et même là, il fallut tripatouiller encore un peu pour retirer la robe ajustée, cependant ce n'était rien comparé à ce qu'elle avait dû faire pour l'enfiler. Mais ça avait valu le coup, parce que quand il retira son soutien-gorge et sa culotte pour la coucher, ses dents étaient serrées et ses yeux affichaient une lueur féroce.

Mienne, disaient-ils alors qu'il se plaçait au-dessus d'elle. *Toute à moi.*

Elle faillit répéter, cependant il referma les lèvres sur un de ses tétons et elle poussa finalement un petit cri.

Oh, ça va être bon, gronda sa dragonne en elle.

S'étendre pour laisser un homme faire tout le boulot n'avait jamais été aussi agréable, si rapidement. Tanner la consumait. Se délectait d'elle. Il frottait chaque point sensible avec son chaume. La peau fragile sous sa poitrine, son ventre, l'intérieur de ses cuisses. Il la travailla avec ses doigts et sa langue, serpentant de plus en plus haut.

Ses cheveux étaient probablement en bataille, son corps transpirant, et son visage contorsionné en un cri heureux. Elle n'avait jamais ressenti quelque chose de si bon ni n'avait déjà été si délicieusement, minutieusement possédée. Il s'attaquait à elle comme un ours avec du miel après un long hiver de sommeil, et tout ce qu'elle pouvait faire c'était gémir et enrouler ses membres autour de lui.

— Plus, marmonnait-elle à chaque fois qu'il réveillait dans son corps de nouvelles terminaisons nerveuses qu'elle ne pensait pas avoir.

— Plus, approuva-t-il en écartant ses jambes du genou.

Elle se sentait comme une machine à sous. *Dring, dring, dring !* Peu importe sa façon de la toucher, les bobines s'alignaient, la faisant gagner à tous les coups.

Ils ne s'embarrassèrent pas d'un préservatif, parce que les métamorphe n'avaient pas à redouter de maladies, juste les bébés. Et elle n'était pas en chaleur.

Seigneur, quelle pensée, dit sa dragonne en soupirant. Si son désir était si désespéré, dans quel état abrutissant et lubrique serait-elle quand ce serait le cas ?

Tanner leva la tête et la dévisagea. Avait-il entendu ses pensées ?

Son esprit dériva sous les images brûlantes et elle vit ses pupilles se dilater.

Une chose après l'autre, mon cœur.

Holà. Elle pouvait entendre sa voix dans sa tête. Il devait être son compagnon. Selon la légende, seuls les vrais compagnons prédestinés pouvaient entendre les pensées de l'autre avant d'échanger des morsures d'union, s'ils se faisaient assez confiance.

La confiance. Rah. Oserait-elle ?

Bien sûr que oui, intervint sa dragonne. *Et bien sûr qu'il est notre compagnon.*

Bien sûr que je suis ton compagnon, répéta son ours.

— Alors, montre-moi.

Elle tendit les bras au-dessus de sa tête, se donnant à lui comme elle ne l'avait jamais fait avec quiconque auparavant. Elle ferma ensuite les yeux sous la douce et lente brûlure de son membre se glissant en elle.

— Oui.

Tanner recula, puis avança, ouvrant sa bouche dans une exclamation silencieuse. À chaque fois qu'il se retirait, son âme gémissait de protestation. À chaque fois qu'il la martelait, son cœur pleurait de soulagement. Elle roula des hanches en rythme avec lui, et quand il remonta ses genoux plus haut le long de sa taille, elle poussa un nouveau cri.

— Si bon...

Rien de ce qu'elle disait ne pouvait décrire la sensation, même si elle continua à essayer.

— Oh, oui...

Le lit grinça, et le verre d'eau qu'elle avait laissé sur la table de chevet plus tôt menaçait de déborder. Tanner souffla plus fort et s'enfonçant plus loin alors qu'elle inclinait la tête en arrière, concentrée totalement sur le feu qui montait en elle. Un feu qui grandissait encore et encore jusqu'à ce qu'elle hurle de soulagement.

— Tanner !

Il la pilonna plus fort. Plus profondément. Plus vite, jusqu'à ce que tout son corps se raidisse et qu'un grognement lui échappe.

Karen atteignit l'orgasme une seconde plus tard, frissonnant alors que le plaisir parcourait ses veines, vague après vague. Elle s'agrippa à lui, perdant tout sens du temps et de l'espace, perdant tous ses repères, sauf la sensation de cet homme. Son membre, enfoui au plus profond d'elle. Son cœur, tambourinant contre le sien. Son souffle doux réchauffant son cou.

Il s'abaissa jusqu'à ce que son corps soit aligné au sien, et dans le bref répit entre chaque halètement, elle l'entendit murmurer son nom.

— Karen...

De la musique à ses oreilles. Voilà ce qu'était sa voix.

Chapitre 13

L'ours de Tanner lui fit marmonner le nom de Karen alors qu'il la serrait fort contre lui.

— Ma compagne, murmura-t-il, pressant ses lèvres sur sa peau.

Il ne pouvait plus le nier. Il était impossible que Karen soit autre chose que sa compagne. Il n'avait jamais été si avide d'une femme auparavant. Il n'avait jamais passé autant de temps à s'émerveiller de ses yeux, de sa voix, de son rire. Il n'était jamais évolué aussi rapidement d'un état de dur comme la pierre à celui de tout, et il n'avait clairement jamais entendu son ours chanter comme un ivrogne joyeux.

Mienne ! Ma compagne !

Donc, oui, il avait compris. Karen était sa compagne prédestinée.

N'est-ce pas fabuleux ? fredonna son ours.

Il lâcha un soupir grave et la tint plus près de lui. Oui, elle était fabuleuse. Drôle. Unique. Et elle le rendait fou de la meilleure des manières. Donc qu'est-ce que cela faisait si parfois elle était un peu trop obstinée et se retrouvait dans les ennuis ?

Il se reprit. Karen était toujours obstinée, et elle avait toujours des ennuis. Pouvait-il vivre avec ça ?

Pouvons-nous vivre sans ça ? rétorqua son ours.

Non, il ne pouvait pas. Mais si seulement elle n'était pas si imprudente...

Son ours haussa les épaules.

Alors, elle ne serait pas celle que j'aime.

Il suivit la ligne délicate de sa clavicule avec un doigt. Le truc, c'était qu'elle pouvait être si têtue.

Ça peut être une bonne chose, décida son ours.

Impulsive ?

Si elle ne l'était pas, nous ne l'aurions jamais rencontrée. Nous n'aurions jamais eu de rendez-vous ce premier soir.

Bordel, son ours marquait un point. La simple pensée de la manquer, de continuer à vivre sans avoir rencontré sa compagne prédestinée, lui faisait mal.

Pourtant, tout serait bien plus facile si elle n'était pas si imprévisible.

Son ours sourit en lui, tellement que ses joues humaines bougèrent sous le mouvement.

Être prévisible est ennuyeux. Il faut mener une existence plus intéressante.

Toute sa vie, on lui avait appris à être prudent. À réfléchir. À planifier, à ériger des fondations et bâtir dessus, un pas prudent à la fois. Et oui, cela fonctionnait.

Mais punaise, la vie pouvait être ennuyeuse ainsi.

Sa peau nue captait le reflet bleu du néon dehors. Il caressa son épaule, s'émerveillant de toute cette contradiction. La situation ne pouvait être plus folle ou incertaine, et pourtant il ne s'était jamais senti aussi calme, satisfait ou ravi. Il se sentait même en sécurité, ce qui était dingue, parce qu'elle était une sorcière. Une fugitive. Une voleuse.

— Hé, murmura-t-elle en se tournant dans mes bras, se retrouvant face à lui.

Et ça recommençait, la pointe d'émotion, le chœur d'alléluia, les feux d'artifice dans sa poitrine.

— Hé, murmura-t-il en retour.

— Tu es tout bleu, dit-elle en souriant, passant un doigt sur sa joue.

Il sourit malgré lui.

— Toi aussi. Et de toute façon, la seule couleur que je ne supporte plus de voir, c'est le rouge.

Elle se rapprocha de lui, l'hypnotisant. Ses yeux brillaient comme le diamant, et son cœur battait un peu plus vite. Il avait entendu parler de dragons et de leur désir pour les trésors. Mais en faire partie ?

Waouh.

Elle hocha solennellement la tête.

— Mon compagnon. Mon compagnon prédestiné.

Il laissa une seconde ou deux passer, digérant la facilité avec laquelle elle acceptait ce fait délirant.

— Je n'étais pas certain que les dragons croient à ce genre de choses, chuchota-t-il.

Karen se cala contre son épaule et son cou, et son ours soupira joyeusement en lui.

— Certains oui, d'autres non. Je n'y croyais pas vraiment jusqu'à présent.

Elle l'embrassa.

— C'est impossible à dire avec les dragons parfois.

— Et les sorcières ?

Elle se raidit.

— Pourquoi tu poses la question ?

Il se tourna pour qu'elle voie la vérité dans ses yeux. L'inquiétude… et l'espoir.

— Il y a beaucoup d'animosité entre les sorcières et les ours, là d'où je viens.

Elle soupira avec une pointe d'amertume.

— Il y a beaucoup d'animosité entre les sorcières et les métamorphes dans beaucoup d'endroits. Ce n'est pas ma faute.

Il lui releva le menton quand elle le baissa. La dernière chose qu'il voulait, c'était tout faire capoter maintenant.

— Je ne dis pas que c'est le cas. J'essaie juste de trouver un moyen.

— Un moyen de quoi ? répliqua-t-elle d'une voix tendue.

De faire foirer cette nuit parfaite ? lança son ours en secouant la tête.

— De faire comprendre à mes camarades de clan que tu es mienne.

Elle afficha un sourire, et ses muscles se détendirent.

— Tu ferais ça pour moi ?

Je mourrais pour toi, jura son ours d'un ton sérieux.

— Je ferais n'importe quoi pour toi.

Elle le dévisagea un long moment avant d'acquiescer.

— Alors, demande. Demande-moi tout ce que tu veux savoir.

Il la rapprocha, parce que les quelques centimètres qui s'étaient créés entre eux étaient déjà bien trop.

— Quel est ton niveau en sorcellerie ?

Elle fit la grimace.

— Je suis très douée pour jeter certains sorts… et d'autres, pas du tout.

— Les sorts de feu, par exemple ?

Il leva un sourcil, se rappelant les dégâts au vingt-sixième étage.

Elle afficha un sourire malicieux et leva le pouce.

— L'invisibilité ?

Elle ricana.

— Si seulement.

— Le contrôle de l'esprit ? continua-t-il en empoignant le cadre du lit un peu trop fort.

Elle éclata de rire franchement, et il laissa tomber. Peut-être que son côté sorcière n'avait pas à être effrayant. Pas plus effrayant que ça l'était pour elle qui devait affronter un type pouvant se transformer en grizzly. Et pourtant, elle n'avait pas posé de questions paranoïaques ; elle n'avait pas demandé s'il hibernait (Seigneur, non), ou s'il mangeait du miel à même les alvéoles (purée, oui) ni s'il aimait racler les troncs d'arbres avec ses griffes.

Il y repensa encore et encore, puis classa définitivement toute cette histoire. Elle était moitié sorcière, et alors ? Elle était sa compagne.

— Depuis combien de temps as-tu prévu le vol du diamant ?

Il savait que la sécurité du bâtiment était stricte, et Karen, avec son mélange unique de capacités dragonnes et sorcières, pourrait être la seule personne au monde à être susceptible de réussir une telle effraction.

Elle le regarda d'un air ahuri.

— Comment ça, depuis combien de temps ?

— Eh bien, je suis infiltré depuis des mois maintenant…

— Des mois ? s'étonna-t-elle.

Il avait déjà compris qu'elle était du genre spontané.

— Eh bien, certaines choses demandent du temps.

— Certaines demandent de la chance, rétorqua-t-elle.

Maintenant, c'était lui qui était bouche bée.

— De la chance ?

Elle hocha fermement la tête et il la dévisagea.

— Ton plan pour voler le diamant reposait sur la chance ?

Elle fit la grimace.

— J'avais un plan. Il avait juste besoin de quelques ajustements.

Il se demanda si elle avait commencé les ajustements en plein air durant son vol vers le casino ou après.

Elle finit par hausser les épaules.

— Que puis-je dire ? Parfois, c'est bon d'être impulsive.

— Genre, quand ?

Il se redressa, cherchant le verre d'eau près du lit.

— Comme la nuit de notre rencontre, répliqua-t-elle avec un sourire sensuel. Comme maintenant. Parce que je n'ai clairement pas vu de fellation sur le menu en bas.

Il s'étouffa, éclaboussant de l'eau partout, et son membre tressaillit.

— D'accord, peut-être qu'être impulsif est parfois bon.

— Avoue-le, se moqua-t-elle en se redressant pour le chatouiller. Être spontané, c'est bien. Être puéril, c'est parfois amusant.

Il essaya de s'écarter, mais elle était trop rapide pour lui. Son ours se mit aussitôt à glousser follement, et quelques rires lui échappèrent.

— Répète après moi, dit Karen d'un air sauvage, innocent et libre à la fois. « Je vais essayer d'être plus impulsif pour une fois dans ma vie ».

— Je vais essayer...

Il s'interrompit avant d'éclater de rire de nouveau.

Karen insista, le chatouillant sans merci.

— Je ferai confiance à la chance et à l'amour, et je laisserai mon côté sauvage s'exprimer.

La chance, il n'en était pas aussi sûr. L'amour, totalement. Et laisser s'exprimer son côté sauvage ?

C'est déjà le cas, fit remarquer son ours alors que les chatouilles continuaient, ainsi que les gloussements qu'il ne pouvait retenir.

— « Je ferai confiance aux dragonnes folles », poursuivit-elle.

— Je ferai confiance aux dragonnes folles, lâcha-t-il en roulant sur le matelas.

— « Je vais vivre, rire et faire l'amour. »

C'était déjà tout vu.

— Je vais vivre, rire et faire l'amour. Te faire l'amour.

Elle sourit comme le chat du Cheshire.

— Hé, ne t'arrête pas ! protesta-t-il, même s'il serrait un oreiller sur son ventre et levait les bras pour se protéger.

On ne l'avait pas chatouillé depuis qu'il était petit, et c'était bien dommage.

— Tu sais que c'est dur de chatouiller à travers autant de muscles ? répliqua-t-elle en lui claquant le ventre.

— Eh bien, il y a toujours une alternative pour s'amuser.

Il se redressa et la rapprocha de lui.

— Tu vois ? Spontané.

Elle sourit, glissant ses bras autour de son cou.

— Je crois que tu commences enfin à avoir le truc.

Elle soupira alors qu'il glissait un doigt entre ses replis. Elle était déjà chaude, humide et prête pour un deuxième round. Une minute à l'explorer plus tard, il s'était remis en position, son membre retrouvant sa place. Il ferma les yeux sous la sensation montante qui parcourait ses veines, puis se força à les rouvrir, déterminé à capturer cet instant de toutes les manières possibles.

— Oui...

Karen bascula la tête en arrière, son pouls battant visiblement dans son cou ; l'endroit exact où il placerait sa morsure d'union un jour.

Un jour prochain, renchérit son ours.

— Plus, dit-elle dans un souffle, le regardant les yeux à demi clos. Plus fort.

Plus fort, ce n'était pas facile dans cette position assise, toutefois il fit de son mieux. La tenant par les hanches, contemplant ses seins qui ballotaient, trouvant juste le bon angle. Elle était étroite, chaude, parfaite en tous points. Il avait déjà du mal à contrôler sa respiration, son corps le brûlait...

— Oui...

Karen bascula la tête sur le côté, lui offrant inconsciemment son cou pour qu'il la morde.

Oui, gronda son ours.

Son instinct lui criait de se pencher, mais il se força à faire l'opposé. C'était trop tôt pour ça. C'était trop tôt, même s'il était certain qu'elle était sa compagne.

Ce ne sera jamais trop tôt, se plaignit son ours.

Ce maudit animal était si pressé. Il y avait du plaisir dans la patience aussi. Du plaisir à voir sa compagne lâcher prise. Il la tint d'une main pendant que l'autre jouait avec son téton dressé vers le ciel, à un centimètre à peine de son torse brillant de transpiration.

— Oui...

Il balança les hanches et la rapprocha encore. Surprenant son reflet dans le miroir d'un côté, il tourna la tête pour la voir bouger en rythme avec lui. En synchronisation parfaite, comme s'ils étaient faits l'un pour l'autre.

Nous sommes faits l'un pour l'autre, souffla son ours dans un autre grognement lourd.

Elle serra les jambes autour de sa taille. Ses ongles éraflèrent son dos.

— Tanner ! cria-t-elle, sur le point de s'abandonner.

Il rua plus fort, serrant les dents. Se retenant jusqu'à ce que Karen jouisse aussi. Son souffle devint court et haletant, et il poussait des petits grognements incontrôlables alors qu'il la martelait avec tout ce qu'il avait.

Marque notre femme, chantait son ours. *Remplis-la. Revendique-la.*

Elle pencha son corps, loin, très loin, néanmoins il garda ses hanches bien en place et près de lui. Ses seins fermés et pointus tanguèrent alors que leurs corps se balançaient.

Elle retroussa les babines, et ses yeux brillèrent alors qu'elle tremblait, jouissant autour de lui.

— Oui..., marmonna-t-elle sous l'orgasme.

Son ours n'était pas mieux, gémissant les mêmes mots dans son esprit. La vague qui avait monté en lui déferla tandis qu'il poussait une toute dernière fois, grognant dans une libération de plaisir mélangé à de la douleur. Elle trembla des bras alors qu'il se vidait en elle, et il la serra près de lui.

Profond, était une des quelques pensées claires dans son esprit. *Près* en était une autre. *Mienne* aussi.

Karen se ramollit alors qu'il durcit, et son ours gémit presque de joie devant l'association parfaite qu'ils formaient.

C'est génial. Elle est géniale, entonna son ours alors qu'il redescendait doucement.

Il la tint, rougie contre son torse pour sentir ses côtes se gonfler et se creuser à chaque battement de son cœur haletant.

— Oh...

Elle poussa un cri et bascula la tête en arrière alors qu'une réplique labourait son corps.

Il serra sa poigne sur elle de nouveau, savourant la vue. C'était une chose que de faire se sentir bien une femme. C'était encore mieux quand cette sensation réveillait un millier d'émotions et le faisait s'embraser également.

Tu es merveilleuse, murmura son ours dans sa tête.

— Toi aussi, chuchota Karen en retour.

Tanner s'immobilisa. Oui, elle pouvait entendre ses pensées. Cela prouvait qu'ils étaient déjà liés sur le plan animal.

Son ours s'affala avec un sourire suffisant.

Tu crois que j'ai besoin de la mordre pour la revendiquer ?

Karen éclata de rire, et il pouvait entendre la voix gutturale de sa dragonne faire écho à ces paroles.

Je n'ai, quoi qu'il en soit, pas besoin d'une morsure pour savoir que cet ours est mien.

Ils se laissèrent tomber l'un contre l'autre, haletant pendant que leurs côtés métamorphes chantonnaient sur l'amour, le destin, la dévotion éternelle et toutes sortes de choses qui n'avaient jamais occupé son esprit auparavant, alors qu'il ne pensait qu'à ça maintenant.

Pour toujours, jurait son ours en calant son nez sur sa joue.

Pour toujours, approuva sa dragonne en enroulant sa jambe autour de la sienne.

Bordel, il était fichu. Et il ne voulait pas qu'il en soit autrement.

Ils se détachèrent juste assez pour se laisser tomber sur le matelas, restant là et ne se préoccupant pas du temps qui défilait, que ce soit en minutes ou en heures.

— Maintenant, parlons de ton plan, finit par dire Karen.

Il grommela.

— Peut-être qu'on pourrait parler boutique demain.

Elle passa les doigts sur sa clavicule, faisant chantonner son ours.

— Je pensais qu'on devrait peut-être s'organiser.

Il avait déjà un plan. Elle avait juste manqué de le briser en mille morceaux.

— Je crois qu'on devrait laisser ça à demain, suggéra-t-il.

Elle leva les sourcils.

— Oh, tu veux dire qu'on verra ça sur le moment ? Avec spontanéité ? Peut-être même avec imprudence ?

Ses yeux brillaient clairement.

Il roula, plaquant son corps sous le sien, et sourit.

— Je pourrais presque prendre le coup de main, tu sais.

Elle referma une jambe autour de lui, pressant ses hanches plus près, et aussi facilement que ça, il fut de nouveau en feu.

— Alors, montre-moi, ours. Montre-moi.

Chapitre 14

Les couleurs du soleil couchant rivalisaient avec les lumières de Las Vegas Boulevard. Les touristes envahissaient les trottoirs, se dirigeant vers divers spectacles. Celui des pirates au Treasure Island, le volcan au Mirage, et le son et lumière au Scarlet Palace, où des projecteurs rouges éclairaient des dizaines de fontaines, donnant une impression de sang bouillonnant.

Karen se tint au coin d'un des bassins, essayant de calmer son pouls. Mais de qui se moquait-elle ? Son cœur commençait à marteler sa poitrine déjà six rues plus loin, et ça ne faisait qu'empirer.

— Ne sont-elles pas magnifiques ? soupira une femme à son ami alors qu'elle plongeait une main au bord de l'eau.

Bien sûr, si on aime le sang qui gicle, commenta-t-elle mentalement.

— On dirait des roses rouges, continua l'autre. Ou du vin rouge.

Le fantasme ultime du vampire.

Elle garda néanmoins la bouche fermée.

— Je crois que quoi que ce soit, on aura de la chance, déclara l'homme en caressant les cheveux de sa compagne.

Karen tripota la liasse de billets dans sa poche droite et hocha la tête intérieurement. Il valait mieux qu'elle ait de la chance ce soir aussi, car retourner au Scarlet Palace était clairement la chose la plus suicidaire qu'elle ait jamais faite.

Peut-être que les ours avaient raison. Peut-être qu'elle devrait songer à une approche plus prudente.

Ils ne nous reconnaîtront jamais, murmura sa dragonne.

Elle réajusta les lunettes à monture dorée sur son nez et tapota ses cheveux. Les vampires feraient mieux de ne pas la reconnaître, elle avait passé une heure à gonfler ses cheveux trois fois plus que la normale et s'était entraînée à sourire de toutes ses dents. Cela aurait été tellement plus simple de se protéger avec un sort de dissimulation, cependant le casino serait en alerte maximale après son cambriolage récent, et elle ne pouvait risquer d'utiliser bêtement de la magie qui pourrait être captée par les sorcières que les vampires avaient engagées.

Des sorcières de bas étage, renifla sa dragonne.

Elle fit la grimace, parce qu'elle-même n'était pas d'un niveau bien supérieur. Sorcière de seconde zone, dragonne de seconde zone...

Arrête ça ! aboya la bête.

Eh bien, c'était vrai.

Je te prouverai que non un jour.

Elle soupira. Que sa dragonne vive dans ses illusions. Qu'elle rêve ce qu'elle voulait au sujet d'un jour qui ne viendrait jamais. Elle pouvait prétendre autant qu'elle voulait, elle restait médiocre en tout.

Pourtant je me suis trouvé un compagnon de premier choix, chantonna l'animal.

Ça, c'était plutôt vrai. Une nuit avec Tanner avait tout consolidé dans son esprit. Il était sien et elle était sienne, pour toujours.

Du moins, s'ils survivaient à cette folle croisade. Même si Tanner et elle avaient tout fait pour renforcer leur plan, beaucoup de choses pouvaient mal tourner. Tellement, en réalité. Dans n'importe quel scénario possible, elle pouvait finir prisonnière de nouveau, ou pire, en donneuse de sang pour la cause qu'elle préférait le moins. Maintenant que les vampires la soupçonnaient de n'être qu'à moitié dragonne, ils se battraient tous pour boire la première goutte.

Elle eut des frissons en les imaginant la plaquer pour enfoncer leurs crocs dans son cou. Ou peut-être deux dans son cou et d'autres aux poignets. Le pire était Schiller, la forçant à pencher la tête et se rapprochant. Léchant ses lèvres et la raillant droit dans les yeux, comme si elle lui appartenait. Il prolongerait sa mise à mort et jouerait avec elle, comme un chat avec une souris.

Elle frémit, essayant de repousser ces pensées désastreuses. Tanner disait que tout était réglé. Schiller ne serait pas au casino avant minuit, en réunion avec des partenaires professionnels, les loups de Westend. Ce qui lui laissait trois heures pour gagner, et pas qu'un peu.

— Clairement notre jour de chance, renchérit la femme en marchant vers le Scarlet Palace.

Karen se força à les suivre, serrant son sac à main contre elle. Les deux mille dollars dans sa poche n'étaient rien comparé à ce qu'elle avait là-dedans, parce qu'elle avait passé la journée à écumer les petits casinos, récoltant de modestes gains qui passeraient inaperçus auprès de la sécurité. Cinq mille d'un côté, sept ou huit de l'autre. Elle n'avait besoin que d'un petit claquement de doigts le temps que les moulinets des machines à sous se mettent en place ou que la boule de la roulette retombe. Elle pouvait risquer les petits éclats de magie tant qu'elle se contentait de petits paris dans les établissements tenus par les humains partout en ville.

Et ça avait marché. Les dix mille dollars avec lesquels elle avait commencé s'étaient multipliés en cent mille, juste assez pour que la première partie du plan de Tanner se mette en route.

Elle inclina la tête et regarda derrière les fenêtres scintillantes et les lumières de Vegas vers les étoiles qui émergeaient dans le ciel indigo. Un dernier coup d'œil vers la liberté, une dernière goulée d'air frais...

Quelqu'un la bouscula, et elle trébucha à l'intérieur.

— Désolé, ma chérie.

Un homme la saisit par le coude pour la redresser.

— Pas de souci, répondit-elle avec un faux sourire.

Ce petit élan avait au moins réussi à lui faire dépasser les videurs postés à l'entrée sans un regard en arrière.

— Et si je me rattrapais en t'offrant un verre au bar ? proposa l'homme.

Il était chauve, petit et sentait comme beaucoup d'autres humains à Vegas... un mélange d'espoir et de désespoir, à moitié dissimulé derrière une eau de Cologne bon marché. Mais elle se dit que cela lui offrirait une bonne couverture, donc elle joua le jeu.

— Bien sûr.

Elle hocha la tête, prenant le bras qu'il lui proposait.

Si Tanner avait été à sa place, elle aurait eu l'impression de valoir un million de dollars. Les femmes auraient tourné la tête de jalousie et les hommes se seraient écartés devant sa carrure. Elle se divertit avec ce petit rêve jusqu'au bar de la mezzanine. Elle donnait sur l'étage des paris où elle repéra son ours en train de faire sa ronde. Rien que le voir ainsi réveilla les papillons dans son ventre.

— J'adore cet endroit, déclara l'homme en désignant le panneau du bar. Le Bloody Mary.

Karen leva les yeux au ciel.

— Qu'est-ce que ce sera pour toi, ma chérie ?

Elle n'était pas sa chérie, et elle n'était pas d'humeur à boire quoi que ce soit de rouge, donc elle commanda de la tequila avec du citron vert, endurant la conversation tout en gardant un œil en contrebas.

Des tables semi-circulaires occupaient la majorité de l'espace du blackjack. Des miroirs parcouraient les murs, donnant l'impression que la salle faisait deux fois sa taille. Elle se pencha sur la droite, essayant d'apercevoir le coin dont Tanner lui avait parlé, cependant elle ne put pas vraiment le voir.

Il lui avait expliqué dans la chambre d'hôtel, alors qu'ils étaient couchés peau contre peau à monter leur plan, que c'était la seule qui n'avait qu'une seule caméra.

La façon dont les miroirs étaient tournés était parfaite aussi. Tanner avait vérifié lui-même. Le miroir qui aurait pu refléter leur table cible vers une autre caméra ou des yeux curieux avait été retiré pour agrandir une porte de service.

Les yeux de Karen se posèrent vers les tables alors qu'un mantra martelait son esprit.

Tu ne feras pas tout foirer. Tu ne peux pas. Pas comme l'autre fois.

— T'as prévu de jouer aux machines à sous, ma chérie ? demanda l'homme en lui lançant un sourire de ses dents tachées de nicotine.

Elle ravala un renfrognement. Les machines à sous étaient ce qui avait causé sa perte trois semaines plus tôt, quand elle avait été assez bête pour entrer ici et essayer d'utiliser sa magie. La sorcière de garde avait été vive, assez pour sentir la magie, pour laisser Karen jouer assez longtemps et pour la laisser piquer quatre-vingt mille dollars illégalement. Enfin, illégalement selon les règles tacites du Scarlet Palace. Quand Schiller avait découvert qu'elle était un dragon, il l'avait enfermée et retenue en otage. Dieu merci, sa sœur aînée était venue à son secours, même ça avait été tout juste.

Elle lécha le sel sur ses doigts, avala sa tequila et suça une tranche de citron vert, essayant de remplacer l'amertume par une autre. Tout ça était du passé. Ce soir, il était question de leur avenir, et bordel, il lui tardait d'en avoir terminé avec Vegas.

Quand l'homme but une gorgée de son propre verre, elle jeta un œil à sa montre. Déjà huit heures moins le quart ?

— Bon, eh bien, merci.

Elle se leva rapidement et s'écarta de la table.

— Quoi ? Chérie, on n'a même pas commencé à s'amuser.

Elle afficha un sourire faussement triste.

— Je dois y aller. Bonne chance.

Il l'avait aidée à rentrer dans le casino sans se faire remarquer, cependant la dernière chose dont elle avait besoin, c'était qu'il traîne dans ses pattes maintenant que l'heure approchait. Donc, elle fila du bar avant qu'il ne puisse la suivre et slaloma vers une des femmes qui rôdaient sur le balcon... une de ces filles de joie qui cherchaient de l'argent facile pour la nuit.

— Le type chauve à la table du coin ne paye pas de mine, dit-elle en le montrant du pouce. Mais il a de l'argent à dépenser ce soir.

Ses paroles visaient une seule femme, pourtant trois gonflèrent leurs cheveux et filèrent vers le bar.

Karen sourit, puis fit la moue. Si seulement le reste de la nuit pouvait se dérouler aussi facilement. Mais elle ne faisait que commencer.

Chapitre 15

— Je suis, dit Karen au donneur.

Elle se glissa sur la dernière chaise libre à la table du coin avant que quelqu'un d'autre le fasse avant elle.

Le métamorphe hérisson replet qui venait de céder sa place lui fit un clin d'œil en partant, et Karen dissimula son sourire.

Tout comme Tanner l'avait dit, commenta sa dragonne, satisfaite.

Le regard du croupier ne vacilla pas, alors même que lui aussi était dans la combine. En fait, il était un élément clef du puzzle qui devait s'aligner parfaitement avec le reste si elle voulait sortir de ce casino avec un million en poche. Son badge disait qu'il s'appelait Dexter Davitt, cependant Tanner l'appelait simplement Dex.

— Trouve la table du coin, celle où travaille Dex, avait-il dit.

— Dex ?

Le sourire que Tanner lui avait lancé avait été le seul qu'elle avait vu durant le temps passé à planifier tout ça.

— Dex. C'est un ami.

— Comment le reconnaître ?

Il avait souri de nouveau.

— Imagine l'enfant de Denzel Washington et Brad Pitt.

Elle avait eu du mal à imaginer ça, néanmoins maintenant qu'elle le voyait, elle comprenait. Dex avait le sourire et le charme du premier, en plus du regard brillant de l'autre. Le sourire professionnel qu'il lui lança dévoila une rangée parfaite de dents en contraste avec sa peau foncée... assez pour faire soupirer deux autres femmes non loin. Karen aurait pu baver comme elles, si elle n'avait déjà pas donné son cœur à Tanner.

Tanner, qui ne cessait de traverser son champ de vision si elle regardait au bon moment. Son travail était de maintenir à distance les autres gardes. Le sien était de travailler avec Dex et de gagner beaucoup d'argent.

C'était un métamorphe panthère. Elle observa son visage impassible. Tanner lui faisait confiance, donc elle devrait faire de même. Dex empocherait cinquante pour cent des gains, soit un petit million pour lui, si tout se passait bien ce soir. Cela signifiait qu'elle devait remporter deux millions pour pouvoir avoir assez pour le clan après avoir partagé avec Dex.

Et le Diamant de Sang ? demanda sa dragonne.

C'était la seule partie du plan qu'elle n'aimait pas. Elle la détestait, même, cependant Tanner avait raison sur le fait d'abandonner le bijou. C'était trop risqué, et elle devait se racheter une conduite. Voler Schiller autant que possible pour faire capoter son deal de casino dans l'Idaho devait être assez gratifiant... ainsi que la récompense de s'en sortir vivante avec son compagnon.

Alors, concentre-toi, se rappela-t-elle. *Concentre-toi !*

Dex s'assit en face d'elle à la table, donnant l'impression que son uniforme du casino était un costume élégamment ajusté. Elle avait deux hommes à sa droite ; un humain en jean avec une veste en cuir de luxe, dont la moustache aurait rendu jaloux Freddie Mercury, ainsi qu'un métamorphe pingouin. Son odeur et son smoking le trahissaient clairement.

À sa gauche se trouvait une brunette hautaine qui avait l'air d'être sur le point d'imploser dans sa robe fourreau. Ses lèvres étaient si rouges qu'à tout moment elle allait finir par attirer un vampire.

Karen avait envie de lui murmurer que ça ne valait pas le coup, mais elle garda le silence.

Tout à gauche se trouvait un autre humain dans un costume sombre qui jouait avec deux jetons dans sa main comme s'ils étaient au craps et pas au blackjack. Les jetons tintaient l'un contre l'autre, ce qui la rendait folle. La dernière joueuse était une femme dans une robe noire et blanche. Karen plissa les yeux et se rendit compte que le motif était uniquement une répétition étourdissante de silhouettes d'Elvis.

— Faites vos jeux, mesdames et messieurs. Faites vos jeux, appela Dex.

Karen posa ses jetons sur la table en piles nettes et prit une profonde inspiration. Elle n'osa pas jeter un coup d'œil derrière elle où Tanner avait dit que se trouvait la seule caméra donnant sur la table de Dex. Elle paria deux jetons de cinq cents dollars, attendit les paris, vérifia ses cartes... et perdit promptement.

Freddie Mercury serra un poing victorieux. La fan d'Elvis poussa un cri aigu. Karen fit en sorte paraître déçue, parce que c'était le plan. Perdre un peu, gagner un peu, jusqu'au moment où elle remporterait beaucoup.

Vraiment beaucoup, ajouta sa dragonne.

Elle cilla quelques fois pour s'assurer que ses yeux ne brillent pas comme lorsqu'un dragon voyait des trésors, puis paria de nouveau.

— Carte, demanda-t-elle au deuxième tour.

Avec un neuf et un trois en main, elle n'avait pas vraiment le choix, pas avec le donneur qui montrait une carte qui avait peu de chances de dépasser vingt-et-un.

Dex la servit, lui glissant une autre carte, qu'elle laissa face contre le tapis jusqu'à ce qu'il termine le tour.

— Bordel, marmonna-t-elle en retournant un huit.

— Banqueroute, ricana la femme avec le surplus de rouge à lèvres.

Tu vois voir, tiens, marmonna sa dragonne dans sa tête.

Karen réarrangea sa pile de jetons et gagna du temps. La peau sur sa nuque la picotait alors que l'espace derrière elle s'emplit d'un bruit de plumes.

— Dex, mon chat, tu bosses jusqu'à quelle heure ce soir ? demanda une femme.

Tous les hommes tournèrent la tête vers elle tellement vite qu'ils manquèrent de se briser la nuque. Quand Karen regarda, elle comprit pourquoi. Une danseuse de music-hall se tenait là de toute sa hauteur, pratiquement topless avec des morceaux de tissu couvrant ses tétons. Les plumes qui montaient haut sur sa coiffe prenaient plus de place que les petits triangles à pampilles sur sa poitrine.

La coiffe dissimule la caméra de sécurité aussi, fit remarquer sa dragonne.

Son compagnon était vraiment un génie, à faire venir une danseuse comme ça. Une danseuse qui cherchait un petit bonus pécuniaire avant de quitter Vegas pour de bon, selon lui.

— Salut, Amber, répondit Dex. J'ai encore une heure, bébé.

Les plumes étaient un moyen parfait pour bloquer la caméra sans attirer l'attention. Et si Tanner avait raison, l'équipe de sécurité actuellement de garde était la plus lente et la plus paresseuse du monde. Les chances pour qu'ils remarquent que la caméra était bloquée et qu'ils bougent la danseuse étaient minces.

— Dommage, lança Amber en soupirant. Je vais juste regarder un peu.

Le pouls de Karen accéléra, parce qu'il y avait un message caché derrière ces paroles.

« Tout est prêt. La caméra est bloquée, mais pas pour longtemps. »

Elle eut besoin de toute sa volonté pour ne pas se pencher avec empressement et pousser chacun de ses jetons sur le tapis.

Des petites mises au début, et monter au fur et à mesure, comme lui avait dit Tanner. Il s'y connaissait, donc elle fit exactement ce qu'il lui avait dit, posant mille dollars sur la table. Dex échangea avec elle le plus bref des coups d'œil en distribuant, cependant son signal était clair : Un as et un neuf arrivent.

Dix-neuf devant les dix du donneur. Elle agita la main, rejetant une troisième carte.

— Je reste.

Elle battit la maison sur cette manche, puis la suivante et celle encore après, pariant plus gros à chaque fois jusqu'à jouer la limite du tour. Elle resta juste en dessous du montant que Dex devait annoncer et approuver, ce qui protégeait le donneur quand tous les jeux étaient faits.

Une perle de sueur se forma sur son front. Le temps défilait, et même si elle n'osait pas compter ses jetons, elle savait qu'elle n'avait pas loin de huit cent mille dollars.

Si Tanner avait été à la table avec elle, il aurait secoué la tête.

« Pas suffisant. En particulier quand il en faut à la fois pour nous et pour Dex. »

Elle tapota sur le feutre vert de la table, souhaitant que les autres joueurs accélèrent. Le type à sa gauche ne cessait de faire glisser ses jetons, prenant une éternité pour chaque pari. Et ce n'était pas surprenant, car il perdait. Bouche rouge avait aussi beaucoup perdu, ce qui ne fit que la faire se resservir de son cocktail rose dans son verre au bord taché de maquillage. Étrangement, ça aussi rendait Karen folle. Tout la rendait folle, sauf les cartes qu'elle tirait.

— Waouh, deux neuf, s'émerveilla le métamorphe pingouin à son tour suivant.

— Split, murmura-t-elle en essayant de garder son calme alors que Dex lui donnait un valet et un as.

— Bordel de..., commença Freddie Mercury.

— Double, annonça Karen en tapotant sa mise.

— Eh merde, gronda l'homme quand le tour se finit pour une nouvelle victoire. Deux mains doublées à vingt-cinq mille chacune...

Une centaine de milliers de dollars en jetons sympathiques que Karen rassembla et rapprocha d'elle.

Tout cet argent, entonna sa dragonne.

C'était encore trop peu, mais ça grossissait vite. Encore deux manches, et elle commencerait à parier encore plus. Dex tendit le bras sous la table, tout comme Tanner avait dit qu'il ferait. Les donneurs devaient avertir la sécurité lors de gros paris ou de victoires répétées... ce qui voulait dire de gros ennuis si Tanner n'avait pas coupé les câbles de la salle de communication un peu plus tôt. Dans l'enquête qui suivrait, Dex pourrait dire avec sincérité qu'il avait passé l'appel, même si ce n'était pas arrivé au bout.

Notre compagnon est un génie, roucoula sa dragonne.

Elle pianota sur la table, pressée d'arriver au tour suivant. Ce pingouin avait-il vraiment besoin de compter et recompter ses jetons à chaque main ? Et la femme en bout de table était-elle vraiment obligée de fredonner des chansons d'Elvis ?

Plusieurs tours plus tard, les plumes derrière elle s'agitèrent avec impatience et quand les yeux de Dex se posèrent sur quelqu'un de l'autre côté de la pièce, Karen s'immobilisa. Était-elle à court de temps ? La sécurité arrivait-elle pour vérifier ce qu'elle faisait à la table ?

Les épaules de Dex se détendirent légèrement, lui disant que la voie était libre, cependant il distribua les cartes suivantes plus vite.

Encore un peu, dit sa dragonne en serrant les dents et bandant les muscles.

« Souviens-toi, même huit cent mille après avoir partagé avec Dex suffisent », avait dit Tanner. « On pourra se débrouiller autrement pour trouver le reste. »

Elle serra les dents. Elle ne voulait pas gagner « suffisamment ». Elle voulait chaque dollar dont Tanner aurait besoin pour protéger le territoire de son clan. Pour lui, et pour son propre bien, parce que c'était une autre manière de prouver sa valeur à tout le monde.

— Carte, murmura-t-elle.

Même Dex leva les sourcils. Tanner lui avait dit qu'il pouvait suivre environ quatre-vingt-dix pour cent des cartes distribuées, mais pas chacune d'entre elles.

— Vous êtes folle, m'dame, lança le pingouin en secouant la tête.

Elle avait une reine et un sept. En soi, une très bonne main.

— Carte, insista-t-elle.

Dex secoua la tête et retourna une autre carte, déclenchant un cri.

— Un quatre ! Vingt-et-un ! l'acclama la fan d'Elvis.

Avec ses gains se rapprochant dangereusement des deux millions, Karen se sentit étourdie par le succès. Euphorique même, ce qui aurait dû l'alerter.

Tanner l'avait avertie de ne pas trop en faire. Que c'était suffisant.

Elle fit craquer ses doigts et demanda une autre manche. La danseuse devint nerveuse, tanguant d'un pied sur l'autre. Karen remonta ses lunettes sur son front et consulta sa montre.

Juste un tour de plus, murmura sa dragonne. *On a juste besoin d'un tour de plus.*

Dex regarda partout autour de lui, et l'agitation de ses doigts sur les cartes montrait son anxiété.

Vite, le pressa sa dragonne. *Une petite manche rapide.*

— C'est bientôt ma pause, annonça-t-il à la danseuse. Tu ne veux pas rester une seconde de plus pour regarder ?

Oui, reste là, ajouta presque Karen. *Ne bouge pas d'une plume.*

— Tout ce que tu voudras, chéri, répondit-elle.

« Tout ce que tu voudras pour les vingt mille balles que je vais récupérer », pouvait-elle tout autant dire. La pointe aiguë dans sa voix dévoilait cependant son impatience.

Sa présence était à la fois une bénédiction et une malédiction. Les plumes dissimulant la caméra empêchaient tout le monde de voir la série de victoires de Karen, cependant avec tous les hommes qui mataient Amber, le jeu avançait à allure d'escargot.

Dex distribua les cartes et tapota la table pour avoir leur attention.

— Quelqu'un ?

— Carte, demanda Freddie Mercury.

Lui donner sa carte prit une éternité, et Karen leva un sourcil. Elle tapota la table, n'étant pas vraiment satisfaite de son jeu.

— Vous voulez une autre carte ? demanda Bouche Rouge avec incrédulité. Alors que vous avez un neuf et un huit ?

Oui, c'était risqué. Mais bordel, elle était lancée maintenant.

Quand Dex lui donna un as, elle soupira de soulagement. Dix-huit. Encore gagné.

— C'est tellement excitant, je n'ai pas envie de partir, s'exclama la danseuse derrière elle.

En d'autres mots, il fallait mettre la seconde parce qu'elle devait partir.

Une main gantée de cuir tira le bras de Karen et elle se retourna pour voir Mamie Panda. Elle avait l'air d'une impératrice dans sa robe de soie à col haut et ses bijoux dorés.

— Faut partir, faut partir, insista-t-elle avec son accent rapide.

C'était prévu aussi, ainsi que le paiement de dix mille dollars sur lequel ils s'étaient mis d'accord un peu plus tôt dans l'après-midi. Le panda récupérerait les jetons de Karen pour qu'elle puisse partir plus rapidement.

Dex tapota des doigts sur la table, la pressant d'en finir.

Tout ce que Karen devait faire, c'était siroter son verre, partir à la prochaine manche, récupérer son argent et retrouver Tanner dehors. Il avait garé sa moto non loin, et bientôt, ils rouleraient sur l'autoroute les cheveux au vent. Une fois dans l'Utah, ils transféreraient leur part des gains et continueraient leur vie heureuse à deux.

Mamie Panda sortit un sac en soie avec un dragon brodé. Les jetons que Karen glissa du bord de la table émirent un cliquètement étouffé alors qu'ils tombaient.

Elle expira lentement. Le plus dur était passé. Elle avait presque fini.

Le métamorphe pingouin hocha la tête pour la féliciter, et Dex essuya son front transpirant. Ils avaient réussi. Il y avait deux bons millions de dollars dans ce sac.

Un des jetons s'échappa du sac et roula sous la table. Freddie Mercury le récupéra pour elle.

— Une dernière pour la route ? proposa-t-il en souriant.

Elle pouvait sentir la tentation la titiller comme les fils sur une marionnette. Tous les paris qu'elle avait faits aujourd'hui avaient été pour Tanner et son clan, pas pour elle. Une autre victoire avec ce jeton de dix mille dollars pourrait leur offrir un petit bas de laine agréable.

— À plus tard, chéri, lança la danseuse à Dex avant de rouler des hanches, ses chaussures cliquetant et sa coiffe vacillant.

Karen dut faire appel à toute sa détermination pour prendre son dernier jeton et se lever au lieu de parier une dernière fois.

Mais juste à ce moment, le vide dans son dos fut occupé de nouveau.

— Monsieur, salua Dex.

À l'inclinaison de sa tête, elle sut que le type devait mesurer au moins un mètre quatre-vingt. Voire deux mètres. Un métamorphe girafe, à en juger par le parfum de savane sec qui émanait de lui.

Cette partie n'avait pas été prévue, ce qui ne faisait que prouver que le destin était de son côté. Le métamorphe se tint à la place d'Amber, bloquant la caméra. Ce qui signifiait qu'elle avait du temps supplémentaire pour parier, pas vrai ?

Karen poussa son dernier jeton sur la table et clama :

— Une dernière.

Mamie Panda pesta et secoua la tête comme pour réprimander sa génération, et se dirigea vers la caisse avec le plus gros des jetons.

J'arrive dans une seconde, lança sa dragonne à la vieille dame. *Une dernière manche...*

Manche qui sembla durer une éternité.

— Prenez une décision, bon sang, s'énerva-t-elle contre le pingouin quand il compta ses jetons pour la vingtième fois.

— Je suis avec trois mille, annonça-t-il enfin.

— Et moi avec dix, dit-elle en essayant de faire avancer les choses.

Tout sembla se dérouler au ralenti par la suite. Les cartes que Dex distribuait volèrent sur la table une à une. Le pingouin vérifia son jeu quatre fois. Bouche Rouge doubla sa mise. La femme en bout de table chantonna plus fort, et même le son s'étira en un long bourdonnement dans l'esprit de Karen.

Elle vérifia ses cartes. Un as et un deux. Treize.

— Carte.

Elle gratta la surface en feutre juste pour avoir quelque chose à faire.

Le pingouin prit aussi une autre carte et se retrouva avec un bon dix-neuf. Le donneur avait une reine et une carte mystère. Karen tourna sa troisième et expira lentement.

— Un sept ! s'exclama la fan d'Elvis. Waouh. Vous êtes vraiment en veine.

Quand Dex tourna sa deuxième carte et révéla un six, elle lâcha le soupir qu'elle avait retenu et tendit les bras pour prendre ses gains. Elle avait réussi ! Elle avait vraiment réussi !

Elle jeta un jeton de mille dollars à Dex en pourboire et bougea, prête à se lever, quand la température de l'air dans la pièce se rafraîchit soudain, comme si quelqu'un avait montré la climatisation au maximum.

Dex écarquilla soudain les yeux, regardant quelque chose derrière elle, et Karen sentit des fourmis partout sur son corps.

— Je vais y aller, marmonna le pingouin d'une voix fébrile.

Karen voulait faire de même, cependant quand elle tourna sur sa chaise, chaque muscle de son corps se raidit.

Igor Schiller se tenait là, renfrogné, les bras croisés sur le torse. Pas un cheveu de travers, pas une couleur sur ses joues. Pas une pointe de chaleur dans tout son corps. Elvira se trouvait à sa droite, portant une robe à sequins et affichant un air intense de dégoût. Quatre gardes costauds les accompagnaient.

Un poids s'abattit dans la poitrine de Karen, en particulier quand elle repéra Tanner derrière eux, les yeux écarquillés d'inquiétude. Évidemment, il était tout aussi surpris du changement de plan d'Igor.

— Eh bien, eh bien, dit Schiller de sa voix mortellement glaciale. Qu'avons-nous là ?

Chapitre 16

Putain. De. Merde.

Tanner serra les poings, essayant de garder un visage calme. Ce qui était presque impossible avec son ours qui beuglait pour qu'on le libère.

Tue les vampires ! Prends notre compagne ! Déguerpis d'ici !

La bête était presque aussi difficile à contrôler que son tempérament. Que fichait Karen, à s'attarder autant ?

Elle gagne l'argent nécessaire pour notre territoire, répliqua son ours. *Elle se met en danger pour nous.*

Dans ces conditions, il lui était compliqué de continuer à lui en vouloir d'être si imprudente. Mais, purée. Comment allait-il la sortir de là ? Les gardes arrivaient de tous les côtés, encerclant la table ; même Dex, qui était d'habitude l'image même du calme et de la décontraction, s'agitait nerveusement et ne cessait de mélanger les cartes. Les autres invités de la table fuirent, laissant Karen seule et aussi défiante et belle que jamais, en particulier dans cette robe de soie verte avec de la magie de dragon brillant dans le tissu.

Il poussa un petit soupir. C'était bien sa chance de tomber sur une dragonne têtue qui ne savait jamais quand s'arrêter.

Son ours se réchauffa un peu à cette pensée.

— Un tel plaisir de te revoir, ma chère, dit Schiller d'un ton amer.

— Je ne peux pas dire que ce soit réciproque, répliqua-t-elle.

Tanner garda la bouche fermée et calcula la distance jusqu'à la sortie la plus proche. Et elle était loin. Bien trop, en particulier avec sept ou huit vampires qui arrivaient. Il avait senti Schiller une minute avant que ce dernier ne passe les portes du casino, et même s'il s'était dépêché pour intercepter le vampire et faire gagner du temps à Karen, il y avait eu trop de gens sur son chemin.

Tue ! Attaque ! Mutile ! cria son ours.

Ses ongles s'enfoncèrent dans ses paumes alors qu'il se retenait tout juste. Il ne pouvait pas renverser tout le monde sur son chemin, parce que son seul avantage était l'élément de surprise. Schiller et ses hommes supposaient qu'il les soutiendrait, donc il devait jouer le jeu jusqu'à trouver le meilleur moment pour agir.

Trouve-le rapidement, gronda son ours.

— Jolie coiffure, ricana Elvira. Et j'adore les lunettes. Tu les as achetées dans un bazar ?

Les poils sur sa nuque se hérissèrent. Bon sang, il aimerait vraiment tordre le cou de cette femme.

Karen tapota ses cheveux.

— Tu aimes ? J'ai dit à celle qui me l'a faite que je voulais la même que toi.

Elvira la fusilla du regard et Karen renchérit.

— Tu sais, je cherchais cet air superficiel et bouffant avec assez de laque pour arrêter une balle.

— Pas besoin d'arme à feu avec nous, ma chère, répliqua Schiller en montrant les crocs.

Karen lui lança un regard mauvais.

— Tu as raison. Je pensais plus à un pieu en plein cœur. De l'eau bénite. De l'ail. Ce genre de trucs.

— C'est ton cœur qui va saigner, chérie, railla Elvira en se léchant les lèvres.

Tanner vit Karen se tourner vers elle avec une autre réplique cinglante, cependant quand son regard se posa sur la gemme qui brillait dans le décolleté de l'autre femme, elle s'interrompit.

Le diamant, murmura son ours à voix basse. *Elvira porte le Diamant de Sang.*

Les yeux de Karen scintillèrent autant que le bijou quand on le tenait à la lumière. Il pouvait voir sa dragonne intérieure se cabrer, juste sous la surface, aussi prête à exploser que son ours.

Laisse-moi sortir ! Il est temps de se battre avec nos griffes et nos crocs au lieu de nos poings. Il faut protéger Karen. La sortir de là.

Tanner regarda autour de lui, comptant les gardes. Il devait calculer parfaitement son attaque s'il voulait avoir une chance de réussir. Huit vampires, avec deux autres qui arrivaient. Merde. Un grizzly pouvait parvenir à en abattre deux, peut-être trois. Mais dix ?

Pas besoin de gagner tant que Karen s'en sort en vie, gronda son ours, prêt à jouer les martyres.

Si c'était ce qu'il fallait, il le ferait, mais bordel, n'y avait-il pas un meilleur moyen ?

Un autre vampire se dépêcha de rejoindre le groupe. Merde... C'était Antoine, le garde qu'il avait frappé à la tête.

— Je vous avais dit que c'était une putain de sorcière !

— Moitié dragonne... moitié sorcière, médita Schiller en déversant ses syllabes comme si elles avaient un goût de brandy.

Tous les vampires se léchèrent les lèvres, le dégoûtant. Ils pouvaient le vider de son sang lui aussi quand ils découvriraient son double jeu. Il serra les dents. Eh bien, il ne se laisserait pas faire ; tant que Karen s'en tirait, il pouvait mourir avec une impression de satisfaction, pas vrai ?

Les yeux de cette dernière étaient toujours rivés sur le diamant, réfléchissant, et son ours devint encore plus morose.

Eh bien, même si elle ne nous aime pas autant, ça vaudra quand même la peine, soupira la bête en la voyant si focalisée sur la pierre.

Si un des anciens de son clan avait été là, il se serait sans aucun doute penché pour lui taper sur l'épaule et lui rappeler qu'on ne pouvait pas compter sur les sorcières. Quant aux dragons... eh bien, ils ne se souciaient que des bijoux.

Soudain, Karen cligna des yeux, plusieurs fois, et il resta parfaitement immobile. Ne respirant pas, ne bougeant pas, et ne pensant à rien. Il se contenta d'espérer, de tout son cœur.

Ses yeux lumineux se détournèrent du diamant et se posèrent directement sur lui. Elle lui sourit. Elle lui *sourit,* comme si elle n'était pas encerclée par une dizaine de vampires en colère qui attendaient tous de se repaître de son sang.

Je t'aime, disait ses yeux.

Je t'aime, renvoya-t-il en retour.

Elle hocha légèrement la tête et regarda autour d'elle, réfléchissant encore. Elle finit par se frotter la joue avec trois doigts.

À trois, murmura-t-elle dans son esprit.

Merde. Qu'avait-elle en tête, encore ?

Malgré tout, il acquiesça depuis sa position derrière les vampires. S'il y avait bien un moment pour la spontanéité, c'était celui-là. Il ne savait pas exactement ce qu'elle avait prévu de faire à trois, et s'il était honnête, il la soupçonnait de ne pas savoir non plus. Mais il était partant.

— La combinaison parfaite pour un festin de minuit, continua Schiller en confirmant ses craintes.

Karen ne serait pas enfermée, cette fois.

De terribles images d'elle plaquée au sol, luttant contre les crocs du vampire, emplirent l'esprit de Tanner. Son sang bouillonna. Et même si ces visions le rendaient malade, il s'y accrocha, les laissant alimenter la rage de son ours.

Un, disait son regard.

Il planta ses pieds dans le sol, prêt à attaquer par derrière les deux vampires les plus proches.

— Elle est loin d'être parfaite, renifla Elvira.

— Je le suis toujours plus que toi, répliqua Karen.

Dans le même souffle, elle lui signala « deux ».

— Mais je suppose que ça ira quand même, termina la vampire en l'ignorant.

Karen leva les yeux au plafond, fit craquer ses mâchoires, puis croisa son regard.

Prêt pour trois ?

Tanner allongea ses ongles en griffes et changea de position. Putain, oui, il était prêt.

Karen bascula la tête en arrière, toussa, et des étincelles jaillirent de sa bouche.

Elvira gloussa.

— Tu appelles ça du feu ? Bien sûr, si tu n'es qu'à moitié dragonne...

Karen claqua des doigts.

— Et à moitié sorcière.

Elle toussa de nouveau, et *zoum* ! Les étincelles se transformèrent en flamme énorme dirigée vers le plafond.

Elvira poussa un cri. Les vampires reculèrent, levant les mains pour se protéger de la lumière éclatante.

Trois ! hurla Karen dans son esprit.

Tanner dévoila ses crocs et laissa ses griffes déchirer sa peau.

Zoum ! Karen balança un nouveau panache de feu dans un arc explosif.

Boum ! Le premier vampire tomba par terre, sa gorge lacérée par les griffes de Tanner. Un autre chuta juste à côté, mort avant de toucher le tapis rouge.

Tanner rugit et chargea le vampire suivant alors que des hurlements et des cris jaillissaient partout autour de lui.

— Battez-vous ! Battez-vous !

— Au feu ! Au feu !

Les mots provoquèrent une ruée vers les sorties alors que des alarmes se déclenchaient et que le système de gicleurs au plafond s'activait.

— Mes cheveux ! gémit Elvira en essayant de se couvrir avec son écharpe rouge sang.

Tanner aperçut Dex, qui regardait dans sa direction et semblait lui demander s'il avait besoin d'aide.

Tanner leva une main, lui faisant signe de s'arrêter. Ce n'était pas son combat.

Dex était un sacré atout à avoir dans son camp, cependant s'il pouvait maintenir sa couverture, ils auraient encore un as dans leur manche dans le cas où la situation dégénèrerait vraiment.

Ce qui était presque certain, sachant la tendance de Karen à établir des plans en vitesse. Même si c'était aussi son plan à lui.

Dex plongea sous la table retournée, hors de vue.

— Toi ! siffla Schiller en marchant vers Karen.

De l'eau éclaboussait depuis les gicleurs, plaquant ses cheveux sur son crâne et dégoulinant sur son costume ajusté.

Tanner chargea deux gardes pour les dégager du passage, essayant d'atteindre Schiller à temps.

— Toi, répondit Karen calmement, envoyant son panache de flammes suivant vers le vampire.

Igor l'esquiva et roula pour se protéger et... holà ! Tanner dut plonger pour éviter la langue de feu plus rapide.

Désolée ! jappa Karen.

Bordel, ton feu résiste à l'eau. C'est pratique, dit-il en hochant la tête.

Il ne l'avait jamais vue si fière d'elle qu'à ce moment. Il n'eut pas trop le temps de l'admirer. Il tourna les talons et brandit ses griffes juste au moment où Antoine balançait un poing dans ses reins. Il manqua son coup, mais pas Tanner qui dessina quatre lignes parallèles de sang bleu-rouge sur la joue du vampire. Tanner rugit et recommença, cette fois étranglant le vampire. C'était une bonne chose que le casino soit dans une pagaille folle ; aucun des cris ne semblait être une réponse à une urgence particulière. Le feu s'était répandu vers les bannières suspendues au plafond, et les invités trébuchaient frénétique-ment sous le voile épais de l'eau qui pleuvait sur eux.

— Attention ! hurla Karen.

Deux flammèches jaunes frôlèrent son oreille alors qu'il chancelait après un coup d'un autre assaillant. Il roula, bondit sur ses genoux et frappa le vampire avec un énorme coup de griffe. Ce fut le seul élément ours qu'il relâcha ; il garda le reste en laisse, même si c'était tout juste. Ce serait bien plus facile de s'enfuir sous forme humaine.

— Non ! cria Karen.

Il tourna vivement la tête. Un vampire s'était faufilé der-rière elle et l'entraînait alors que Schiller suivait de près.

— J'en ai marre de toi, gamine, marmonna le vampire alors que ses gardes resserraient les rangs autour d'elle.

Jamais un visage pâle de vampire n'avait autant rougi de colère, et jamais Schiller n'avait paru aussi mauvais qu'à ce mo-ment. Cependant, Tanner ne s'était jamais senti si imposant et furieux lui aussi, et quand il chargea, les corps volèrent dans tous les sens. Les vampires grondèrent. Du sang éclaboussa. Des ongles pointus éraflèrent sa peau, et des coups de poing inhumains et puissants martelèrent son corps alors qu'il bataillait pour rejoindre sa compagne.

Le lustre vacilla quand il rugit de sa voix d'ours. Il poussa un autre vampire contre le mur, explosant un miroir.

— Sauve-toi ! lui hurla Karen.

Comme s'il allait la laisser. Comme s'il allait tourner le dos à la femme qu'il aimait.

Les flammes qu'elle projetait s'affaiblissaient, que ce soit à cause des gicleurs ou des sorts de contre-attaque que jetaient les sorcières du casino. Schiller se détourna de Karen pour le regarder, ses yeux sombres se plissant de rage.

— Toi.

Si Tanner avait été sa compagne, il aurait eu une réplique cinglante à lancer, toutefois il n'était qu'un ours, et les ours communiquaient différemment.

Dans un coup de griffe impressionnant, il envoya Schiller sur la table de blackjack, attirant la rage et la puissance d'une dizaine de grizzlys.

— Tanner, appela Karen, maintenant qu'ils étaient enfin face à face.

— Karen.

— Et si on partait d'ici ?

Il hocha la tête.

— Oui. Allons-y.

Il baissa les yeux sur les derniers vampires se tenant sur sa route.

— Mph..., marmonna l'un d'eux en regardant son collègue.

— Euh..., bredouilla un second.

Tanner avança et ils reculèrent tous les deux.

Bien, gronda son ours.

— Une seconde, dit Karen en retirant la main de la sienne.

Il manqua de la hisser sur son épaule et de charger jusqu'à la porte. Hors de question de s'arrêter maintenant. Mais Elvira se recroquevillait derrière une table retournée, et Karen lui arracha le diamant du cou.

— Je vais prendre ça, déclara-t-elle avant de revenir à ses côtés.

Tanner l'entraîna vers la porte, ignorant les cris d'Elvira.

— Aïe ! Tu n'es pas obligé de m'écraser la main ! se plaignit Karen alors qu'il avançait.

— Si.

Hors de question de risquer qu'elle prenne une autre décision irrationnelle.

— Mais... je..., protesta-t-elle alors qu'ils couraient vers les portes en verre.

Ils arrivèrent sur le trottoir, où l'air frais de la nuit lui offrit son premier goût de liberté depuis longtemps.

— Attends !

Il n'attendit pas, cependant il la laissa le diriger vers Mamie Panda qui patientait non loin.

— Merci ! lui lança Karen en prenant son sac.

Il tourbillonna et cogna sa jambe dans un bruit sourd, mais pas de tintement, ce qui signifiait que le panda avait réussi à échanger les jetons contre des billets avant que tout dégénère.

— De rien ! répondit la vieille femme en tapotant un sac à main alourdi de sa part.

— Par ici.

Il désigna à Karen la foule qui s'amassait dehors. Les vampires les poursuivraient en un rien de temps, parce que d'un, Karen et son sang qu'ils convoitaient étaient avec lui, de deux il avait deux millions de dollars qui leur appartenaient, et de trois, le diamant. Il secoua la tête en courant, se demandant comment il avait pu autant se retrouver dans les ennuis.

Tu aurais aimé que ça se déroule autrement ? lança son ours en souriant.

Non, il supposait que non. Mais il ferait la fête une fois qu'il aurait passé la frontière de l'Idaho. Merde, il regarderait probablement derrière lui durant les mille kilomètres qui le séparaient de chez lui.

Nan. Nous avons donné une bonne leçon à ces vampires, ils garderont leurs distances, affirma son ours.

Bon Dieu, il l'espérait bien.

— Monte.

Il passa une jambe de l'autre côté de la moto qu'il avait garée non loin.

Karen rangea le sac d'argent dans la sacoche en cuir, puis se hissa sur le siège derrière lui. Quand elle pressa son corps contre le sien, il sourit pour la première fois depuis ce qui semblait avoir duré des jours. Ses paroles le ravirent encore plus.

— Ramène-nous à la maison, ours. Ramène-nous.

Chapitre 17

Karen se pencha pour embrasser la joue de Tanner. Quand il fit vrombir le moteur, éparpillant la foule, elle se retint à sa taille. Pour l'instant, ce smack sur la joue devrait faire l'affaire. Mais plus tard... bordel, elle aurait d'autres baisers prêts à tout rattraper. Beaucoup d'excuses aussi, car elle avait vraiment tiré sur la corde, cette fois.

Je dirais plutôt que tu as tiré sur la corde jusqu'à ce qu'elle devienne un fil tout fin, et que tu as plongé avec dans un gouffre comme si c'était un câble, retentit une voix sévère dans sa tête alors que la moto s'engageait sur Las Vegas Boulevard et accélérait.

Elle manqua de répliquer, mais au lieu de ça enfouit son visage dans le tissu recouvrant les larges épaules de Tanner.

D'accord, d'accord. Peut-être.

Peut-être ?

Clairement.

Tu n'avais pas dit que tu comptais te racheter une conduite ?

Elle déglutit et compta jusqu'à dix, recommença, puis compta de nouveau, parce qu'elle n'avait jamais eu l'intention de prendre autant de risques. Elle n'avait jamais souhaité mettre en danger la vie de Tanner ou son argent.

Elle maintint le visage caché un bon moment, se réprimandant.

Je ne défierai plus jamais les vampires. Quoi qu'il arrive. Je garderai la bouche fermée quand ce sera possible. J'essaierai vraiment. Je vais dire à cet ours ce qu'il signifie pour moi, chaque jour du reste de ma vie.

— Hé, appela Tanner par-dessus son épaule. Ça va ?

La moto roulait sur la surface lisse de l'autoroute 15, vers le nord, suivant la queue de la Grande Ourse, semblait-il. Elle regarda par-dessus son épaule le ciel chargé d'étoiles, la nuit fraîche et claire, puis cala ses mains dans les poches de la veste de Tanner. Elle se délecta du vent soufflant dans ses cheveux, se demandant quoi dire et par où commencer.

— Merci.

Elle s'était juré d'essayer de trouver une autre des milliers de variations de ce mot, parce qu'il ne représentait pas vraiment ce qu'elle ressentait.

— Je vais bien, ajouta-t-elle sans que cela n'exprime vraiment non plus ce qu'elle souhaitait.

Tanner était meilleur qu'elle pour parler, parce que son ton captait juste tout de la bonne manière.

— Merci, murmura-t-il par-dessus son épaule.

Le mot effleura son oreille avant que le vent ne le chasse.

— Je suis désolée, lâcha-t-elle une seconde plus tard.

— Pour quoi ?

— Pour tout.

Elle avait tout foiré de nouveau. Joué avec leurs vies.

— Je ne le suis pas, répondit-il en caressant sa main.

Elle pressa sa joue dans son dos et se frotta de haut en bas. Qu'avait-elle pu bien faire pour mériter le meilleur ours du monde ?

— Encore cent cinquante kilomètres et...

La moto fit une embardée. Elle releva la tête.

— Qu'y a-t-il ?

— Merde.

Il regardait dans le rétroviseur.

— Quoi ? insista-t-elle en criant. Oh, mon Dieu.

Les lumières de plusieurs gros SUV noirs éclairaient l'autoroute derrière eux, se rapprochant vite.

— Schiller ?

Elle espérait qu'il répondrait un autre nom, n'importe lequel.

— Schiller, confirma-t-il d'un ton neutre.

— Merde.

Elle scruta le compteur, puis par-dessus son épaule. Les vampires gagnaient clairement du terrain. Et maintenant, quoi ?

Tanner fit vrombir le moteur, cependant les pneus tout-terrains empêchaient la moto de trop accélérer.

— Bordel, marmonna-t-il quand il fut évident qu'ils ne pouvaient distancer les vampires.

Elle se retourna, sentant la chaleur monter sur son visage. Elle en avait marre de ce putain d'Igor Schiller et de son gang de suceurs de sang.

— Tiens bon, dit Tanner de son ton calme et posé qu'il utilisait quand une situation devenait hors de contrôle.

Le moteur rugit alors qu'il rebondissait hors de l'autoroute et traversait les broussailles. Les roues des SUV crissèrent quand ils suivirent, créant un nuage de poussière qui resta en suspens sous les rayons pâles de la lune.

— Merde.

Elle serra Tanner alors qu'ils étaient secoués sur le paysage lunaire de rochers et de taillis.

— On va y arriver, murmura-t-il, même si elle savait que ce n'était que pour la rassurer.

Même hors de la route, comment allaient-ils échapper à des SUV ?

Un projecteur puissant les visa, et un craquement tonitruant déchira la nuit.

— Waouh !

Elle se pencha et s'accrocha quand Tanner fit une embardée, la perdant presque. La moto rugit et deux autres crépitements résonnèrent au-dessus des moteurs qui souffraient et des cailloux qui s'éparpillaient.

— Ils nous tirent dessus ?!

Il hocha la tête.

— Des balles en argent, je parie.

— Quoi ?

Elle voulait taper du pied et crier. Secouer la main et pointer d'un doigt accusateur. Hurler au monde que ce n'était pas juste. Comment ces vampires osaient-ils utiliser une des quelques armes qui pouvait tuer une créature aussi formidable que son ours ?

Son ours, bordel !

Comment osent-ils ? s'énerva sa dragonne en elle.

Et aussi simplement que ça, elle vit rouge.

Elle avait mis Tanner en danger.

Elle avait attiré la colère des vampires, encore et encore, et ils la poursuivaient à chaque fois.

Eh bien, elle en avait marre. Totalement marre. Elle avait été rabaissée. Ridiculisée. Et maintenant il était temps de se venger. De prouver sa valeur, une bonne fois pour toutes.

Vengeance ! gronda sa dragonne.

La rage submergea chaque pensée et émotion jusqu'à ce que plus rien ne compte sauf battre ces vampires... et prouver ce qu'elle valait.

« Croire... Tu dois y croire », résonna la voix de son grand-père à ses oreilles.

Et aussi facilement que ça, elle sut quoi faire, et elle sut qu'elle pouvait le faire. Elle y croyait.

— Suis ce sentier, dit-elle en désignant par-dessus l'épaule de Tanner un chemin poussiéreux à deux voies. Garde-nous aussi stables que possible.

— Qu'est-ce que tu fais ? demanda-t-il en saisissant son bras.

Elle remonta les genoux et tint ses épaules des deux mains.

— J'ai une idée.

— Pas encore, gronda-t-il.

— Une bonne, insista-t-elle.

Ils n'avaient pas le temps de douter ou d'avoir des arrière-pensées.

— Ouais, eh bien...

Avant qu'il ne puisse finir sa phrase, elle leva un pied, puis un genou, et ensuite...

— Tu es folle ou quoi ?! hurla-t-il.

— Ne ralentis pas ! ordonna-t-elle en se mettant debout sur le siège.

Elle avait essayé quelques fois à dos de cheval à une époque, mais bordel, sur une moto alors qu'elle dévalait un sentier poussiéreux, c'était autre chose. Vraiment autre chose.

Tu dois y croire, chantonna sa dragonne. *Vide ton esprit, et crois.*

Elle s'accroupit derrière Tanner, s'accrochant à ses épaules.

— Karen ! protesta-t-il.

— Roule tout droit. Droit et vite.

Oui, elle était dingue. Oui, elle était impulsive. Mais sa dragonne rugissait en elle comme jamais.

Je peux le faire. Fais-moi confiance. Laisse-moi essayer.

Essayer ne suffira pas, répliqua-t-elle.

Je peux le faire. Regarde. Aie confiance, mugit sa dragonne.

La seule raison pour laquelle elle ne ricana pas en lui disant d'oublier, c'était le diamant. Elle avait senti l'énergie émaner de lui la première fois qu'elle l'avait vu, et l'avoir dans sa main était comme tenir un charbon ardent. Elle pouvait sentir son pouvoir palpiter.

— Ce diamant détient les pouvoirs de nos ancêtres, avait dit son grand-père. Et le dragon qui le possède peut exploiter ce pouvoir. Il peut le faire sien.

— Il ou elle ? avait-elle plaisanté à l'époque.

Ils avaient ri, mais elle ne riait plus à présent.

Fais-moi confiance. Je peux y arriver, affirma sa dragonne.

Elle ferma les yeux et sentit le vent fouetter ses cheveux. Elle imagina ce que ça ferait si elle volait sous forme de dragon. Si elle volait vraiment, au lieu de planer. Si le pouvoir de son grand-père l'avait maintenue la seule fois où elle avait réussi, celui du Diamant de Sang la ferait réellement s'envoler.

Je peux le faire.

Elle serra la chemise de Tanner.

On peut le faire, approuva sa dragonne.

Elle prit une profonde inspiration et bondit.

— Karen ! hurla Tanner.

Mais sa voix était déjà loin. Le bruit du moteur aussi, ainsi que tout le reste autour d'elle, sauf la voix dans son esprit.

Je peux le faire. Regarde-moi voler.

Elle s'étira de tout son long, cherchant les étoiles, et écartant les bras en grand. Et bien qu'une partie d'elle s'attendait à s'écraser et à finir en bouillie sous les roues des pneus des SUV, l'autre moitié y croyait. Elle croyait vraiment au pouvoir du Diamant de Sang, si ce n'était en elle-même.

Voler. Je peux voler. Je vais voler.

Et bordel, elle le fit. Elle se transforma en dragon en un clin d'œil et un courant ascendant souffla sous ses ailes à mi-chemin de son saut, la faisant monter. Encore, et encore, aussi haut que les collines qui s'entassaient au loin.

Maintenant, incline-toi, murmura sa dragonne, se concentrant de toutes ses forces.

Elle pencha un tout petit peu son aile droite et tourna dans une large boucle prudente. Elle l'inclina encore un peu pour resserrer le virage et battit droit avant de courber la gauche, dérivant dans l'autre sens. Elle pivota d'un côté puis de l'autre, s'habituant aux sensations. Elle ne tarda pas à pousser un cri de ravissement.

Je vole ! Je vole vraiment !

Elle plissa les yeux jusqu'à ce qu'ils ne soient que deux fentes, une barrière face aux rafales, et rabattit les oreilles quelques fois juste pour profiter du courant d'air. C'était encore mieux que ce qu'elle avait imaginé. Plus étourdissant. Grisant, même.

Un tir retentit en contrebas et elle retourna à la réalité. Merde... elle avait des vampires à vaincre et l'ours le plus persévérant du monde à embrasser. Pas le temps de simplement apprécier ce vol. Pas maintenant.

Chapitre 18

Des phares balayèrent le désert en contrebas : trois paires venant des SUV en plus d'un projecteur depuis le toit d'un quatrième, ainsi que la lampe plus faible de la moto qui serpentait sur un sentier tortueux à travers les broussailles.

Sauve l'ours ! Tue les vampires !

Karen replia ses ailes et plongea, hurlant dans un mélange de rage et d'allégresse. De la même façon qu'elle aurait plongé dans l'eau, sauf qu'elle était dans les airs. Le meilleur c'était qu'elle le faisait avec assurance, parce que le Diamant de Sang lui donnait du pouvoir et ne la trahirait jamais.

Le vent souffla sous le bout de ses ailes alors que son esprit jouait une musique de bombardiers fonçant sur leurs cibles. Plus les SUV se rapprochaient, plus elle enrageait, et plus sa dragonne prenait le pas sur son esprit. De quel droit s'en prenaient-ils à elle et son compagnon ? Comment osaient-ils ?

Elle retroussa les babines, montrant les crocs, et inspira profondément.

Sayonara, les connards ! cria sa dragonne.

Elle toussa une étincelle, expira et... *zoum !* Une énorme langue de feu engloutit le véhicule le plus proche de Tanner. Elle souffla jusqu'à ce que les flammes fondent sur le toit et s'engouffrent par les fenêtres.

La voiture fit une embardée dans un virage serré à droite. Si serré que le SUV se renversa et se retrouva sur le côté ; elle cracha du feu une dernière fois dessus avant de remonter. Les portières s'ouvrirent et les vampires s'en échappèrent.

Si seulement elle pouvait relâcher du feu comme les dragons des générations passées ! Celui qu'elle produisait par la magie n'était pas assez dense pour être mortel pour les vampires, donc elle ne pouvait pas les tuer, néanmoins les voir détaler comme des poulets paniqués était également satisfaisant.

Elle prit de l'altitude avec quelques battements d'ailes et caqueta d'une joie folle. Elle pouvait plonger ! Tourner ! Monter dans le ciel ! Elle pouvait vraiment voler !

Un murmure dans le vent transporta un soupçon de la voix de son grand-père.

Bien sûr que tu peux.

Celle de Tanner résonna ensuite dans sa tête.

Bien sûr que tu peux.

Elle battit des ailes, se pressant vers deux véhicules qui roulaient l'un à côté de l'autre, poursuivant la moto.

Parfait, ronronna sa dragonne.

Elle les attaqua par-derrière, projetant un souffle de feu d'un côté à l'autre pour les toucher tous les deux, continuant quand même lorsque l'un cogna l'autre et qu'ils oscillèrent vers un affleurement rocheux. Un instant plus tard, les vampires se déversèrent des voitures, fuyant, et elle les bombarda de flammes. Le feu émit un bruit tumultueux de fusée quand elle le cracha. Avec les déplacements frénétiques des vampires, elle avait l'impression d'être en pleine apocalypse. Enfer et damnation ! Pandémonium ! Le meilleur dans tout ça, c'était que c'était elle qui en était responsable, et volontairement, pas accidentellement. Et même si on lui avait toujours martelé que les dragons qui se respectaient n'utilisaient jamais leurs pouvoirs pour la destruction, il s'agissait de vampires et ils l'avaient mérité, pas vrai ?

Si, décida-t-elle en regardant autour d'elle.

Trois véhicules éliminés, il en restait un : le SUV avec le projecteur, qui poursuivait toujours Tanner. Sans elle à l'arrière, il semblait tenir bon, cependant quand un coup de fusil déchira la nuit, elle se rappela le danger dans lequel il se trouvait.

Plus pour longtemps, marmonna sa dragonne en tendant le cou.

Elle courba les ailes, roula sur la droite, puis se redressa et fonça tout droit. Schiller était dans ce SUV, elle pouvait le sentir. Donc elle ne devait pas rater son coup.

En quelques secondes, elle se retrouva à un kilomètre devant Tanner, examinant le paysage. Là... une pente montante qui donnait sur une falaise à pic. Elle regarda en arrière et ralentit, espérant que Tanner la suivrait.

Un autre plan de fuite dingue ? demanda sa voix lointaine dans son esprit.

Elle sourit.

Pas si dingue. Fais juste attention à la falaise.

Elle put le sentir ricaner.

« Juste » et « falaise » ne vont pas trop ensemble, tu sais.

Il y a un chemin qui tourne à droite juste là...

Elle vira serré pour lui montrer l'endroit.

Ensuite, tu peux suivre le bord.

Le bord ? Pourquoi je n'aime pas ce que j'entends ?

Elle aurait adoré continuer leur badinage, cependant elle avait un pick-up rempli de vampires à prendre à leur propre jeu. Et cette fois, elle y arriverait.

Courbant ses ailes, elle se tourna et fila droit vers Tanner et le SUV derrière lui. Bordel, la distance qui les séparait se réduisait rapidement maintenant qu'elle était plus bas et qu'elle fonçait droit sur eux.

Karen ! Bordel de... ! jura Tanner en l'évitant.

À la toute dernière seconde, elle donna un coup de queue et se dégagea d'un centimètre.

— Merde, termina-t-il en roulant vers la falaise.

Elle chargea le SUV, ouvrant grand les mâchoires. Le vampire qui se penchait à la fenêtre avec un fusil à l'épaule retourna à l'intérieur vivement au moment où elle attaquait la voiture avec une autre explosion de feu. Le SUV trembla sous la force, mais continua, même avec des flammes balayant le pare-brise des deux côtés. Karen s'arrêta juste à temps pour l'éviter.

Holà ! L'antenne érafla son ventre alors qu'elle frôlait le toit.

Alors que le véhicule accélérait, les flammes s'étouffèrent. Donc, merde... peut-être n'était-elle pas la seule sorcière à jeter des sorts dans le désert. Elle tourna et poursuivit le SUV, qui gagnait rapidement du terrain sur Tanner. Vraiment rapidement.

Dépêche ! le pressa-t-elle. *Vite !*

Je vais y arriver, murmura-t-il dans son esprit alors qu'il jetait un regard par-dessus son épaule.

Le SUV était si proche qu'elle ne pouvait pas cracher du feu sans toucher Tanner, donc elle s'éloigna et vira sur le côté pour l'attaquer au flanc.

De sa hauteur, elle pouvait voir que les deux arrivaient à grande vitesse vers la falaise ; une falaise sans visibilité, cachée derrière une petite pente et une montée.

Tourne ! cria-t-elle à Tanner dans son esprit. *Tourne !*

Il ne flancha pas. Pas même un peu.

Maintenant ! Tourne ! hurla-t-elle.

Une seconde de plus et il manquerait l'occasion de suivre le sentier de randonnée qui longeait le bord de la falaise. Il finirait dans les airs. Il s'écraserait et mourrait.

Tourne, bordel ! Tourne !

Horrifiée, impuissante, elle vit les deux véhicules se rapprocher du vide. Encore quelques mètres...

Tanner fit un virage douloureux à quatre-vingt-dix degrés, plaquant son pied gauche au sol pour s'empêcher de déraper vers la saillie. Et le SUV...

Un crissement de freins. De la poussière qui vole. Un coup de klaxon. La voiture tressauta et vibra vers le bord.

Du coin de l'œil, Karen vit Tanner reprendre son équilibre, rouler sur une trentaine de mètres avant de stopper pour regarder.

Les roues du SUV creusèrent de profonds sillons dans le sol alors que les phares se plantèrent sur le rebord de la falaise. Il finit par s'arrêter avec les pneus avant à deux centimètres du vide. Un poids s'écrasa sur sa poitrine. Elle pouvait presque entendre le gloussement triomphant de Schiller quand il sortit de la voiture.

C'est alors que le bord de la falaise gronda et céda. Les roues avant basculèrent. Deux tonnes d'acier chancelèrent. Une des portières s'ouvrit et un vampire terrifié s'y accrocha, cherchant une échappatoire.

La rage envahit l'esprit de Karen de nouveau, et elle cessa de planer pour plonger franchement, lâchant de longs panaches de feu. Elle imagina des flammes formant un bélier, donnant assez de puissance pour faire tomber le SUV dans le vide.

Le métal grinça, le feu siffla, et un vampire cria, bondissant de la voiture une seconde avant que cette dernière ne tangue lentement vers l'avant. Elle se retrouva dans les airs, l'arrière remontant et basculant par-dessus jusqu'à s'écraser violemment et exploser en bas.

Karen tressaillit sous le choc, puis admira la vue... pendant cinq bonnes secondes avant de se retourner vers Schiller. Le vampire se tenait au bord de la falaise, recouvert de cendres et de poussière. Il écarquilla les yeux en la voyant revenir, et plongea pour se mettre à couvert juste avant qu'elle ne l'atteigne avec son feu.

Pendant les minutes qui suivirent, elle joua sa meilleure partie du chat et de la souris, pourchassant le suceur de sang d'un affleurement rocheux à l'autre avec des petites explosions de feu. Elle avait beau ne pas être capable de le tuer, elle pouvait toujours l'humilier un peu.

Euh, Karen ? appela une voix aux limites de son esprit.

Elle leva la tête en plein vol.

Oui ?

Tu as fini ?

Elle lança une dernière boule de feu à Schiller avant de retourner vers le bord de la falaise où une silhouette solitaire se tenait devant un ciel clair et étoilé. Elle fit un tour, puis deux, n'étant pas tout à fait prête à s'arrêter de voler. Qui pouvait dire quand elle pourrait s'envoler de nouveau ? Elle était cependant prête à retrouver son compagnon. Quand elle replia ses ailes et atterrit, de petits nuages de poussière s'élevèrent du sol.

Ses yeux se rivèrent sur ceux de Tanner, et ils restèrent ainsi en silence, écoutant le crépitement lointain du feu, le grésillement des cigales, et le chuchotement de la brise nocturne sur le maquis. Tanner avait coupé le moteur, donc la seule lumière venait des étoiles au-dessus d'eux, du feu en contrebas, et de la lueur de Vegas à l'horizon.

— On a réussi, murmura-t-elle enfin.

Tanner hocha la tête, ne détournant pas ses yeux d'elle.

— Tu as réussi.

Elle racla le pied dans le sable, reprenant lentement sa forme humaine, et la griffe qui avait commencé le geste se termina en pied nu.

Tanner posa les yeux sur sa poitrine et ses jambes nues, un petit sourire se dessinant au coin de sa bouche.

— Tu es nue.

Elle éclata de rire.

— Je ne peux pas m'en empêcher quand tu es là.

Il sourit avant de secouer la tête d'incrédulité, contemplant le ciel comme s'il rejouait son vol.

— C'était merveilleux.

Elle essaya de hausser nonchalamment les épaules, mais son corps refusa de jouer le jeu, se tenant droit et fier… jusqu'à ce que le métamorphe ours de quatre-vingt-dix kilos s'avance et la serre dans ses bras massifs.

— Tu as réussi.

Il passa ses mains dans ses cheveux, sur ses épaules, dans son dos, cherchant des os brisés.

La fierté gonfla sa poitrine, parce que même si c'était le diamant qui l'avait nourrie, elle pouvait s'accorder un peu de crédit, non ? Mais une dragonne ne devrait pas être trop imbue d'elle-même, comme son grand-père l'avait prévenu maintes fois, donc elle s'écarta pour expliquer.

— Je n'ai pu voler qu'à cause du diamant. Malgré tout, c'était plutôt cool.

Tanner pencha la tête.

— Comment ça, à cause du diamant ?

— Il détient le pouvoir d'anciens dragons, et il donne à son…

Il l'interrompit.

— Je me souviens de ça. Mais quel est le rapport avec le vol ?

Elle éclata de rire. Il avait clairement eu une longue journée. Il n'avait plus les idées claires.

— Je n'ai jamais réussi autre chose que de planer avant aujourd'hui. Le diamant m'a donné le pouvoir de voler.

Il plissa les yeux.

— Le diamant t'a donné ce pouvoir à cette distance ?

— Quelle distance ? Je l'ai avec moi.

Il était concon, ce nounours.

— Non, c'est moi qui l'ai. Là.

Il tapota sa veste.

— Mais non, c'est moi. Juste ici.

Elle tapota sa poitrine, où devait se trouver le collier... et paniqua instantanément, parce que le diamant n'était plus là. Seigneur, l'avait-elle perdu ? Était-il tombé quand elle s'était transformée ?

Oh, mon Dieu. Oh, mon Dieu, s'affola sa dragonne.

Elle avait tout foiré... encore.

— Non, dit lentement Tanner en sortant quelque chose de sa poche. Je l'ai avec moi.

Il dénoua ses doigts et il était là, le Diamant de Sang, miroitant sous la lumière des milliers d'étoiles.

Karen en resta bouche bée. Elle bougea les lèvres, essaya d'agiter la langue, en vain. Elle rejoua dans son esprit le film de leur fuite depuis le casino. N'avait-elle pas passé le bijou autour de son cou en sortant du Scarlet Palace ?

Une seconde... Elle avait été sur le point de le faire, mais Mamie Panda était arrivée, donc elle avait gardé le bijou dans la main.

« Monte. »

Elle se rappela Tanner lui faisant signe de grimper.

Elle revit la scène lentement dans sa tête. Quand il avait démarré le moteur, elle avait glissé les mains dans ses poches pour mieux tenir sa taille, y laissant le diamant.

Tanner prit sa main alors qu'elle vacillait sous la surprise.

— Holà, viens là.

Il sourit et referma sa main autour de la gemme.

— Tu vois ?

Si elle voyait ? Oui. Elle pouvait sentir, aussi. Pas juste les arêtes qui s'enfonçaient dans sa paume, mais l'énergie qui pulsait directement de la pierre à son âme. Elle pouvait la sentir, la soutenir.

Mais y croire ? Elle n'en était pas encore là. Si Tanner avait eu ce diamant tout le long, cela signifiait que...

— Oh, mon Dieu, murmura-t-elle. Je l'ai fait. J'ai volé toute seule.

Il haussa les épaules.

— Bien sûr que oui.

Il n'y avait pas d'étonnement ou d'émerveillement dans sa voix, juste de la foi. Une fois inébranlable, comme s'il l'avait toujours su.

Elle le dévisagea.

« Les pouvoirs d'un dragon sont liés à l'amour, et tant que tu y crois vraiment... »

Peut-être que son grand-père n'avait pas raconté d'âneries, après tout.

Tanner leva un sourcil.

— Tu restes sans voix ? C'est bien la première fois.

Elle lui claqua l'épaule, et il ne flancha pas. Il se contenta de rire et de sortir un T-shirt de rechange de la sacoche de sa moto.

— Tiens. Prête à repartir ?

— Tu n'as pas idée.

Elle enfila le T-shirt, et il lui donna aussi sa veste en cuir. Tous les deux avaient son odeur, fraîche et boisée. Comme la maison. Elle referma la veste jusqu'à son cou et inspira, puis enfila un pantalon.

— Fin prête.

Il redémarra la moto et attendit qu'elle monte à l'arrière avant de reprendre le sentier.

— Où va-t-on ? demanda-t-elle par-dessus son épaule.

— À la maison.

— Et c'est où, exactement ?

C'était plus pour le taquiner qu'autre chose, parce qu'il pouvait choisir n'importe quel lieu, cela lui conviendrait.

— Je connais un endroit où un ours et une dragonne-sorcière pourraient s'installer.

— Ah oui ?

— Oui. Un petit chalet dans les Rocheuses. Avec plein de rivières de montagne à écumer et assez de bois à récolter pour m'occuper.

— Pas trop, j'espère.

Elle glissa ses mains plus bas sur sa large carrure.

Il éclata de rire.

— Je promets de trouver du temps libre.

Elle pouvait déjà les imaginer sous les draps d'un lit king-size avec une couette en patchwork cousue de motifs de pins. Elle s'y endormirait, dans ses bras, et s'y réveillerait... pas pour une seule nuit, mais pour toute une vie.

— Il ne faudrait pas qu'on s'ennuie, ajouta-t-elle, au cas où il pensait qu'elle se ramollissait.

Tanner éclata franchement de rire.

— C'est une promesse ou une menace ?

Elle se pelotonna contre lui et ferma les yeux, écoutant le bourdonnement du moteur.

— C'est une promesse, mon amour. Une promesse.

Aperçu: *Le pari de la panthère*

Des vampires impitoyables. Des panthères passionnées. Des amants courageux. Venez découvrir un Vegas plus loufoque – et mortel – que vous ne l'avez jamais vu !

Dex Davitt, métamorphe panthère, vient juste de gagner un million de dollars. Le problème ? Quitter Las Vegas avec son butin – en vie. Pourquoi ? Eh bien, c'est compliqué. Dans le genre *oups, il est tombé éperdument amoureux.* Ou encore, *aïe, des vampires revanchards suceurs de sang.* Sans oublier les plans bien établis qui partent complètement en sucette. Est-ce qu'il doit mettre tout ça sur le compte de la malchance, ou du destin ?

Dakota Morgenstern est une cascadeuse qui a plus que hâte d'échanger la ville de tous les péchés pour une vie plus simple et tranquille dans un ranch. Seul petit problème : le croupier charmant en diable qui vient peut-être par inadvertance de jouer avec leurs vies à tous les deux.

Elle se retrouve tout à coup projetée dans un monde inconnu rempli de donjons, de dragons, de gladiateurs sanglants, de hérissons héroïques et de chefs de la mafia sans pitié. Est-ce qu'une simple humaine peut jouer la bonne carte au bon moment pour renverser le jeu face à ses ennemis ?

Par Anna Lowe

Vegas Shifters

Le pari du loup (Tome 1)

Le pari de l'ours (Tome 2)

Le pari de la panthère (Tome 3)

Aloha Shifters : Les Joyaux du cœur

L'appel du dragon (Tome 1)

L'appel du loup (Tome 2)

L'appel de l'ours (Tome 3)

L'appel du tigre (Tome 4)

L'amour du dragon (Tome 5)

L'appel du renard (Tome 6)

Aloha Shifters : Les Perles du désir

Dragon rebelle (Tome 1)

Ours rebelle (Tome 2)

Lion rebelle (Tome 3)

Loup rebelle (Tome 4)

Cœur rebelle (Tome 5)

Alpha rebelle (Tome 6)

Les Veilleuses du feu : Milliardaires et Gardiens

Les Veilleuses du feu : Paris (Tome 1)

Les Veilleuses du feu : Londres (Tome 2)

Les Veilleuses du feu : Rome (Tome 3)

Les Veilleuses du feu : Portugal (Tome 4)

Les Veilleuses du feu : Irlande (Tome 5)

Les Veilleuses du feu : Écosse (Tome 6)

Les Veilleuses du feu : Venise (Tome 7)

Les Veilleuses du feu : Grèce (Tome 8)

Les Veilleuses du feu : Suisse (Tome 9)

Les Loups de Twin Moon Ranch

Desert Hunt (Tome 1)

Desert Moon (Tome 2)

Desert Blood (Tome 3)

Desert Fate (Tome 4)

Desert Yule (Tome 5)

Desert Heart (Tome 6)

Desert Rose (Tome 7)

Desert Roots (Tome 8)

Sasquatch Surprise (Tome 9)

Blue Moon Saloon

Perfection (Tome 0)

Damnation (Tome 1)

Temptation (Tome 2)

Redemption (Tome 3)

Salvation (Tome 4)

Deception (Tome 5)

Celebration (Tome 6)

Serendipity Adventure Romance

Off the Charts

Uncharted

Entangled

Windswept

Adrift

Travel Romance

Veiled Fantasies

Island Fantasies

www.annalowe.fr

À propos d'Anna Lowe

Anna Lowe, auteure de best-sellers aux classements USA Today et Amazon, adore rappeler que les héroïnes sont des héros au féminin et faire naître des histoires d'amour passionnées dans des décors enchanteurs. Elle aime les chiens, le sport et les voyages – où elle puise ses inspirations. Si elle n'est pas concentrée sur son ordinateur, à travailler sur sa toute dernière histoire, vous la trouverez en randonnée dans les montagnes ou à vélo sur les routes de campagne. Et sa journée se terminera toujours par un carré de chocolat noir et une bonne lecture.

Visitez **www.annalowe.fr**.